「セイン」

マーニは真っ直ぐ、セインを見据えた。

「少なくとも私たちは……

今のセインを、弱いとは思わない」

聖なる騎士の暗黒道

「そのー……本当に、
似合っていますかー？」
メリア
セイン専属の従者。普段はメイド服を着ているが、せっかくのお祭りなので新しい服にお着替え中。

「ほら、セイン。アンタも何か言うことがあるんじゃないの？」
「お、うむぅ……とても、似合っているぞ」
「……反応、分かりやすすぎ」
セイン＝フォステス
歴代最強の聖騎士ながら暗黒騎士を目指す少年。メリアのメイド以外の姿にドキドキしっぱなし。
アリシア＝レーミア
『聖炎』と呼ばれる特殊な力を使う美少女。お祭りでいつも以上にテンションが高い。
マーニ
差別される種族・ダークエルフの美少女。お祭り中は人の目があるので、基本的にフードを被っている。

「生徒会長。貴様は一度、負けた方がいい。
そして、自分が一人ではないと知るべきだ」
「俺を、お前のような軟弱者と
一緒にするな、聖騎士ッ!!」

# 聖なる騎士の暗黒道3

坂石遊作

HJ文庫
875

口絵・本文イラスト　へいろー

# 目次

# プロローグ

七月中旬。セインたちがジェニファ王立魔法学園に入学して、三ヶ月が経過した頃。

そろそろ衣替えが始まるこの時期、生徒たちは学園の講堂に集まっていた。

「流石は王国最大の学び舎……この生徒数は圧巻だな」

「これで全員じゃないわよ。講堂に入りきらないから、確か三分割されている筈」

講堂の中心で辺りを見渡すセインに、アリシアが言う。

本日、この場で行われるのは全校集会だ。中等部のセインたちだけでなく、初等部や高等部の生徒も講堂に集まっている。

「今日は生徒会長が登壇されるんですねー」

「珍しいわね」

メリア、マーニが、壇上に立つ面子を見て言った。

ジェニファ王立魔法学園では定期的に全校集会が行われる。大抵、その内容は生徒たちへの注意喚起や全学年を対象とした連絡事項の通達だが、今回は他にも何かあるようだった。普段は学園長と教師のみが登壇しているが、今回は会長も壇上に立っている。

「生徒会長のカイン＝テレジアだ」

鋭い目つきをした金髪の生徒が、声を発した。

「さて、既に多くの生徒が知っているだろうが——来週、中等部の学生たちによる、魔法武闘祭が開催される」

静かな講堂の中、カインの声はよく通った。

「中等部は先月も校外学習を行ったが、魔法武闘祭は校外学習とは比べ物にならないほどの大きな催しだ。外部の客も大勢訪ねてくる。衆目の中、いつも通りの実力を示すのは難しいことだが、学外の伝手を作るには持ってこいの機会と言えるだろう」

実力主義のジェニファ王立魔法学園に通う生徒たちは、既に将来の目標を見据えている者も多い。たとえばセインは暗黒騎士を目指しているし、アリシアの友人であるシスカという少女は鍛冶職人となった。

具体的な将来を見据えている生徒にとって、学外の伝手は貴重である。

「エントリーは今週末だ。既に二十名以上の参加者を募っているが、まだまだ募集は続けている。奮って参加して欲しい」

最後にそう締め括ったカインは、壇上から立ち去る直前、セインの方を見た。

自意識過剰というわけではないだろう。カインは確実に、眦鋭くセインを睨んでいた。

「生徒会長か……」

踵を返して壇上から去るカインを見届け、セインは呟く。

先月のことを思い出す。カイン＝テレジアは『混沌』をいとも容易く倒していた。そして、どういうわけか聖騎士を憎悪しているようにも見えた。

ただの学生でないことは確実だ。恐らく、聖騎士と何かしら因縁がある。

程なくして全校集会が終わり、生徒たちが教室へと戻り始めた。

「セインは魔法武闘祭に参加するの？」

「無論だ！」

アリシアの問いに、セインははっきりと答える。

「先月の校外学習から、また新たに闇魔法を幾つか覚えたからな。腕試しにも実戦はもってこいだ。確か、魔法武闘祭では生徒同士の一対一による戦いが行われるのだろう？」

「そうね。武闘祭は個人戦によるトーナメントよ。……校外学習と違ってサバイバルもないし、本当に実力だけの勝負になるでしょうね」

「ふふふ、腕が鳴るとはこのことだ……今こそ我が闇の力を、解放する時……！」

「観客の前で大恥を晒す未来が目に見えるわ」

「失敬な！」

若干、自分でもその未来が見えてしまったことは内緒である。

「セイン様ー、エントリーはまだしていませんよねー？」

「ああ。次の授業までまだ時間もあるし、早速しに行くか」

一週間前から、中等部の校舎一階には魔法武闘祭の受付が設置されていた。

セインは受付へ向かいながら、傍にいる少女へ視線を注ぐ。

「エントリーするのは俺だけか？」

「いえー、折角ですし私も参加してみようと思いますー」

「ほう、メイドがこういうイベントに乗り気になるのは珍しいな」

「私も今は学生ですからねー。後学のためにも、色んな経験を積んでおくのは悪くないかと思いましてー。……それに試合でセイン様とあたったら面白そうですしー」

「……ちょっと待てよ、本当に俺と貴様があたったらどうするんだ……？」

「下克上ですねー」

にやにやと笑うメリアに、セインは顔面蒼白となった。

長年連れ添ってきたメリアの実力を、セインは正確に認識していた。これがアリシアやマーニなら、意表を突く形でどうにか勝利をもぎ取ることができるかもしれないが、メリアが相手だとそうはいかない。傷一つつけることなく瞬殺されてしまうだろう。

修行が……修行が必要だ……。

衆目の中で、自らの従者に瞬殺されるというのは流石に堪える。

「……私は、参加しない」

マーニが小さく呟いた。

「何故だ？　ミス・グリムの実力なら優勝候補は間違いないだろう」

「実力はともかく……注目されるのは嫌いだから」

マーニの言葉に、セインは唇を引き結んだ。

先月の校外学習を経て、何かしら心境の変化はあったのだろう。あれ以来、マーニは学内では外套を羽織ることなく、闇森人の特徴である銀色の髪と長い耳を隠さずに過ごしていた。しかし、魔法武闘祭では外部の客も多数やって来る。全員が闇森人に対する忌避感を抱いているわけではないだろうが、それでも必ず悪意を向けてくる者はいるだろう。

どのみち、今まで人の目を避けてきたマーニが、衆目の中で本来の実力を発揮するのは難しいかもしれない。セインは納得した。

「じゃあ、私も今回は参加を見送ろうかしら」

アリシアが言う。

「マーニ一人を置いていくのも気掛かりだし。それに……聖騎士の従者は、一人くらい手を空けておいた方がいいんじゃない？」

「むっ」

先のことを考えているアリシアの発言に、セインは納得した。

「確かに、ここ最近は『混沌』の出現頻度も少なくないからな……」

校外学習での襲撃だけではない。実はあれからも何度か学園の周辺に『混沌』が出現していた。いずれも特に問題無く討伐できたが、最近は『混沌』の出現頻度が少し高い。学園行事の最中でも警戒するに越したことはないだろう。

「それなら、アリシア様ではなく私がー……」

「折角だからメリアは参加しなさいよ。私は初等部の頃にも似たようなイベントを経験しているし。それに、魔法武闘祭は文字通りお祭りだから、見ているだけでも結構楽しいのよ？　お店も沢山出るしね」

アリシアの言葉に、メリアは少し申し訳なさそうに頷いた。

メリアは幼い頃からセインの従者として働いていたため、学生らしい……というか、年相応の行事に慣れていない節がある。そのためセインとしては、メリアが武闘祭に参加するというのは喜ばしい。内心でアリシアの気遣いには感謝した。

「別に……私のことなんて、気を遣わなくてもいいのに」

マーニが視線を逸らしながら、アリシアへ言う。

「アンタ、一人になるとすぐ図書塔に引き籠もるじゃない。当日は私が色々案内してあげるから、一緒に遊びましょうよ」

「……アリシアが、それでいいなら」

素っ気ないような口振りだが、マーニはやや嬉しそうだった。

マーニも内心、武闘祭を楽しみたかったのだろう。

「当然、『混沌』については俺も警戒しておく。いざという時は試合中だろうとすぐに駆けつけるつもりだ。聖騎士の力を使えば傷も疲労も一瞬で回復できるからな」

「へぇ、便利ね。それって従者である私たちにはできないの？」

「自分ではできない。主である俺が意識すれば、力を与えてやれるが……残念ながら身体に負担がかかってしまうだろう。先程俺が言ったのは、厳密には回復ではなく、自分の体力の代わりに女神の力で活動するということだ。聖騎士である俺は女神の加護に適応できるが、従者は完全には適応できていない。余剰分の力が負担となってしまう」

だから正直、従者が常に手を空けた状態で待機してくれるというのはありがたい。

アリシアは納得した様子で頷いた。

「なんていうか……二重生活にも慣れてきたわね」

学生として平和を享受する一方、聖騎士の従者として『混沌』を警戒する日々。

最近はマーニにも『混沌』の退治を手伝ってもらっている。つまり、この場にいる四人は全員、学生以外のもうひとつの顔を持っていた。

「すまないな、負担をかける」

「いいのよ、好きでやってることだし」

そう言ってくれると気も楽になる。

しかし、セインは真面目な顔で口を開いた。

「難しいかもしれないが、できれば表の……学生としての日々に重きを置いてくれ。俺たちの活動は本来、異常なことだ。こちらを日常とする必要はないし、下手に重視しすぎると、心がもたなくなってしまう」

「……ええ、注意するわ」

アリシアは頷いた。

「ていうか、セイン様の傍にいれば問題ないと思いますけどねー。いつも聖騎士とは思えないほどの変人っぷりを披露していますからー……見ているだけで、自分たちの裏の顔なんて忘れますよー」

「メイドよ。それは褒めているのか？　……いや、多分、褒めてないな？」

優しく微笑むメリアを見て、セインは馬鹿にされていると確信した。

「受付は……あっちか」

中等部の校舎一階に辿り着き、武闘祭の受付へ向かう。

「魔法武闘祭へのエントリーですね？　こちらの用紙へご記入ください」

セインとメリアはそれぞれ受付の生徒に手渡された用紙へ名前等を記入した。

「おいおい。まさか暗黒馬鹿も参加するのか」

「誰が暗黒馬鹿だ！」

横合いからかけられた声に、セインは反射的に叫んだ。

そこには、見知らぬ三人の男子生徒が立っていた。

声をかけてきたくすんだ茶髪の男子は、再びセインを見下しながら口を開く。

「悪いことは言わねぇから、やめとけよ。魔法武闘祭は、お前みたいな落ちこぼれが勝ち進める大会じゃないぜ？」

「そうそう。どうせ一回戦で負けるに決まってる」

「ていうか、てめぇみたいな奴が出たら学園の恥になっちまうよ」

ゲラゲラと三人の男子が笑う。

「ふん……貴様ら、甘く見ていると痛い目に遭うぞ」

「なんだと?」

セインはニヤリと不敵な笑みを浮かべて言った。

「入学当初はポンコツだったこの俺も、今や幾つもの闇魔法を使いこなせる程に成長した!　何を隠そう、先月の校外学習でも大活躍したほどだ!」

「自分がポンコツだった自覚はあったんですねー」

「幾つもの、じゃなくて幾つか、の間違いでしょう」

「そこ、うるさい!」

メリアとアリシアの突っ込みに、セインは激しく怒った。

「ていうか、校外学習もお前以外の三人が強かったって話しか聞かねぇぞ」

「ああ、俺もそう聞いてる。暗黒馬鹿は足手纏いだったたって話だ」

「そんな馬鹿な!?」

どこでそんな噂が広まってしまったのか。

セインは悔しさのあまり呻き声を漏らした。

「ぐぅ……だ、だが俺は着実に成長している。け、喧嘩を売っているなら買うぞぉ!」

「はっ、落ちこぼれが強気になったところで怖くねぇよ」

明らかに内心怯えているセインを、男は嘲笑う。

一触即発の空気となったその時、

「幼稚な応酬はやめてください」

いつの間にかセインたちの傍に、一人の女子生徒が立っていた。

「ふ、副会長……」

セインを睨んでいた三人の男子が鼻白む。

見目麗しい紫色の長髪の少女――副会長のエミリアだ。

「曲がりなりにもジェニファ王立魔法学園の生徒なら、口ではなく実力で競い合うべきです。それこそ、魔法武闘祭で決着をつければどうですか」

ぐうの音も出ない正論に、セインたちは押し黙る。

「……言われなくても、そのつもりですよ」

そう言って、セインといがみ合っていた男子生徒は踵を返した。

顔を真っ赤にして怒っていたセインも、冷静さを取り戻す。

「副会長。……場を収めてくれて、感謝する」

「礼は結構です。それより、休み時間もそろそろ終わりますから、早めにエントリーを済ませた方がいいと思いますよ」

「む、そうだな」

用紙の記入を再開する。

全ての項目に記入を終えたセインは、メリアと共に用紙を受付へ提出した。

「……セイン＝フォステス」

エミリアが、小さくセインを呼ぶ。

「貴方は、会長の知り合いなのですか？」

「……いや、特に面識はない。何故だ？」

訊き返したセインに、エミリアは複雑な表情を浮かべた。

「……最近、会長が貴方のことを気にしているように見えたので」

呟くようにそう告げたエミリアは、小さく礼をして去って行った。

常日頃カインの補佐をしているエミリアも、やはり今のカインには違和感を覚えているようだ。

エミリアの背中を見届けながら、セインは不敵に笑った。

「ふっ。どうやら今回の魔法武闘祭……相当、荒れる予感がするな」

「アンタの周りだけね」

言外に、お前が問題児なだけだとアリシアは言った。

# 第一章　魔法武闘祭

早朝。日が昇ったばかりの涼しいこの時間帯。

セインは校庭の端にある、円形の建物の中にいた。

真っ白な壁に囲まれた室内ではあるが、足元には土と草があり、中央には色とりどりの花が咲き誇っている。普段は頑丈な扉によって閉ざされており、生徒の立ち入りが禁じられているが、それが勿体ないと感じてしまうような空間だった。

部屋の中心には、天井にまで届きそうな巨大な杖が突き刺さっている。

ここはセインが入学式の時に訪れた、学園の結界を維持するための部屋だ。

入学式の時は、結界の修復のためにこの部屋へ足を運んだが……今回は、その強化および機能を拡充するために訪れている。

セインは目を閉じ、意識を集中させて、部屋の中心にある杖へ右腕を伸ばした。

五分ほど経った頃、セインは目を開く。

「こんな、ものか……」

深い集中を止め、肩の力を抜いたセインが呟く。

「女神よ、結界の調整はどんな感じだ？」

『ばっちり！　ちゃんと注文通り、来客にも対応できるようにしたよ！』

女神ヴィシテイリアが屈託のない笑みを浮かべて言う。

その姿も、その声も、セインにしか見えないし、聞こえない。傍から見ると、セインは隣の誰もいない空間に一人で言葉を発しているように見える。

しかし、セインの目には確かに、優しく微笑む女神の姿が映っていた。

「助かる。ちなみに強度についてだが……」

『勿論——最上位にしておいたよ！』

「やはりか……どうりで時間がかかっていると思った。学園長は、今より少し強くするくらいでいいと言っていただろう。相変わらず過保護な……」

『セイン君の身に何かあったら大変だからね。人間には絶対に破れない強度にしたよ。これを破れるのは『混沌』の中でも始祖くらいだと思う』

「始祖は封印されているだろう」

まったく、と溜息を零しながらセインは踵を返す。

過保護と言いつつも、セインはどこか嬉しそうに笑っていた。こうして女神と会話する時間は、セインにとってはかけがえのないものだった。

「終わりましたか、セイン様ー」

「ああ」

部屋の隅で待機していたメリアが、セインに声をかける。

同時に、セインの隣にいた女神は姿を薄らと消していった。女神の本体は天上の世界にある。先程まで傍にいたのは分身のようなものだ。

本来、女神は聖騎士であるセインの私生活を自由に盗み見ることができるが、セインはそれを拒み、女神に「勝手に覗き見しないこと」を約束させている。だからこちらから呼びかけない限り、女神はセインの状況を確認しないし、分身が現れることもない。但し、突然の『混沌』の出現など危機的状況に関してのみは例外としている。

この約束がなければ、女神は今以上に過保護な振る舞いをしていただろう。心配してくれるのはありがたいし女神との会話も楽しいものだが、流石に気疲れしてしまう。

「学園長。頼まれていた結界の調整、無事に完了したぞ」

「おお、それは助かる」

メリアの隣にいた学園長は、自慢の白髭を撫でながら礼を言った。

「すまんのう。当日の朝に、こんなことをさせてしまって」

「構わん。これは必要なことだ」

魔法武闘祭は本日、開催される。

これから三日間、学園には外部の者も大勢訪れるため、セインは学園長に頼まれて結界の調整を行っていた。注文されたのは、万一の時に供えた強度の向上と、一般客が不審なものを持っていないかチェックするための機能だ。どちらも女神が気合を入れて叶えてくれたため、結界の仕上がりは完璧になっている。

既に校庭には外部からの出店が用意されており、あと数時間もすれば店員もやって来るだろう。一般客は午前十時から入る予定だ。

「しかし、入学式の時も思ったが……この杖は素晴らしいな。女神の加護をみるみる吸い取っていく。……通常の杖なら、とっくに破裂しているところだ」

「巨神の杖と呼ぶらしい。儂も先代学園長から聞いただけじゃが、なんでも古い時代、人が神々を支えるために作り上げた魔法の道具とのことじゃ」

「人が、神々を支えるか……」

部屋の中心に聳える巨大な杖を、セインは見上げた。

かつての人間も、神を支えるために努力してきたらしい。だが、たとえ神を支えることはできても、誰も神の隣に立つことはできなかった。

「そう言えば、聖騎士殿も武闘祭の試合に参加するんじゃったか」

「うむ。気合十分だぞ」

「ほぅ……それは、楽しみにさせてもらおうかのぅ」

「期待しているといい。優勝間違いなしだ」

セインが胸を張って言う。

「真に受けないでくださいねー」

自信満々なセインの隣で、メリアは淡々と忠告した。

水を差されたような気分になり、セインは顔を顰める。確かに「優勝間違いなし」は冗談だが……優勝を狙うくらいの気概はある。

「ほっほっほ。お主らも、楽しんでくれているようで何よりじゃ」

学園長は嬉しそうに言う。

その目には、聖騎士に対する尊敬の念だけでなく、一人の生徒に対する慈愛の色も込められていた。

「どうじゃ？　闇魔法の習得は」

「まあ……ぼちぼち、と言ったところだ。やはり、俺の中にある聖騎士の力が、どうしても闇魔法のコントロールを阻害してしまう」

「封印具をつけていても難しいかのう？」

「ああ。この封印具は、あくまで俺の身体から溢れ出す聖騎士の力を相殺しているものだからな。どうしても相殺できる量には限界がある」

「ふむ……」

学園長が納得する。

封印具も安価ではない。あまり無駄に消耗したくはなかった。

「ひとつ気になったのじゃが……お主の中にある聖騎士の力を、一時的に他の者へ移し替えることはできんかのう？」

「移し替える……？」

「聖騎士は従者を作る際、その力を分け与えると聞く。……ならばそれと同じ要領で、一時的に従者へ聖騎士の力を肩代わりさせれば――」

「それは無理だ」

セインは断定する。

少し前にも、アリシアに似たような話をした。

「聖騎士と従者では、女神の加護に対する適応力に差がある。従者の身で、女神の加護を受けすぎると……身体が耐えきれないのだ」

「そうか……失礼した。所詮は素人の考えじゃったか」

「いや、あながち間違っているわけでもない」

伊達に暗黒騎士を目指しているわけではない。

セインも、聖騎士の力を誰かに移し替えるという方法は過去に思いついていた。

「結局、聖騎士というのは、女神の加護に対して完璧に適応できる人間のことだ。俺と同じくらいとまではいかなくても、世の中にはきっと、人並み以上に女神の加護を受け入れられる人間がいるだろう。……そういう人物と巡り会えば、学園長が言っていた方法を試してみるのも悪くない」

学園長は「成る程」と納得した。

「まあ、そんな人、まずいませんけどねー」

「……確かに、見たことはないな」

メリアの言葉にセインは同意する。

そもそもセインは、その女神の加護に対する適応力が過去最高とすら言われている。故に歴代最強の聖騎士と呼ばれているのだ。世の中には多少、適応力がある人間はいるかもしれないが、セイン以上の力を持つ者はいないだろう。

メリアもアリシアも、聖騎士の従者ではあるが、加護への適応力は人並みだ。そのため彼女たちが従者として女神の力を使う際は、セインがその出力をコントロールしている。

従者という能力も万能ではない。例えば一度に複数の従者が女神の力を使用すると、セインはそれぞれの加護の量を並行してコントロールしなくてはならなくなる。

「長話をしてしまったようじゃな。……もう少しで武闘祭も始まる。聖騎士殿にはそれまで、ゆっくりと休んでいただきたい」

「そうさせてもらおう」

なにせ試合にも出なくてはならないのだ。体調は万全にしておきたい。

部屋の戸締まりは学園長に任せて、セインとメリアは外に出た。


午前十時。

魔法武闘祭が開催され、多くの一般客が学園に入場した。

ジェニファ王立魔法学園は、ロウリバニア王国でも一際有名な学び舎だが、その発端となったのがこの毎年行われる魔法武闘祭という行事だ。

魔法武闘祭では、生徒同士の一対一の試合が行われる。その戦いは学生とは思えないほど熾烈であり、学園の理念である徹底した実力主義が透けて見えるような内容であると評判だった。それ故に、見物に訪れる客は一般人だけでなく、騎士や警備隊などといった武官も足を運んで来ることがある。

とは言え、魔法武闘祭は文字通り、祭りの側面も持つ。

今、学園の敷地内には、数え切れないくらいの露店が並んでいた。

「おぉ、これは……」

視界を埋め尽くす露店の数々に、セインは目を見開いた。

「……カオスだ」

「……カオスですねー」

いつもとは違う祭りの騒がしい空気に、セインとメリアは鼻白んだ。

鉄板で何かを焼く音が至るところから聞こえ、忙しなく働く人たちの声がそれを掻き消す。少し歩けば甘い果実の香りもした。情報量が多く、頭が混乱してしまう。

かつて聖騎士として活躍していたセインは、周囲からの注目には慣れていても、人混みに紛れることには慣れていなかった。観衆に囲まれることは何度かあったが、揉みくちゃにされたことはない。常に一定以上の距離が保たれていたのだ。

「ああ、いたいた。二人ともこっちよ」

人混みの向こうからアリシアの声が聞こえてくる。

アリシアと、灰色の外套を纏ったマーニがこちらへ近づいていた。一般客への配慮だろう。今日のマーニは外套で頭部を隠している。

「何処に行ってたのよ？　私たち、暫く寮の前で待っていたのよ？」

「すまない。今朝は学園長に頼まれて、学園の結界を調整していたのだ。寮に戻るのも中途半端な時間だったから、今まで校内で休憩していた」

休憩と言っても、殆ど気が休まることはなかった。

一時間ほど前から露店の店員たちが学園に入り、一般客を迎え入れられるよう準備に取りかかっていたのだ。祭りの規模が大きいだけあって店員たちの気合の入れようも半端ではなく、「いらっしゃいませ」「ありがとうございました」といった発声練習による声が長い間、校庭に木霊していた。

「しかし、学園の行事だというのに、随分と本格的な店も並んでいるな」

セインは周囲の光景を見渡しながら言った。

気軽に立ち寄れる露店だけでなく、しっかりとした造りの店も幾つかある。店員も正装しており、窓の先に見える棚には高価な品々が陳列されていた。

「王都の有名店も幾つか出店してるみたいね。……生徒向けの店というより、観客向けの店なんじゃないかしら」

魔法武闘祭は、学生にとっての祭りではなく、この場に訪れた全ての人々が楽しめる祭りだ。それ故に雑多な店が並んでいるのだろう。これはこれで面白い光景である。

経営者も、今日から三日間は稼ぎ時と考えているのだろう。三日間限定の出張店にも拘わらず、開催前から念入りに店の組み立てが行われていたことを思い出す。

「む、メイドよ。あそこにメイドがいるぞ」

訳の分からないセインの台詞に、アリシアとマーニが首を傾げた。

しかしセインの指さした方向を見て理解する。その先には、ビラを配っているメイド服の店員の姿があった。

「見え見えの愛想笑いですねー。お辞儀もぎこちないですしー」

「そう言うな。あれはあれで初々しいではないか」

メイド服を着た店員を温かな目で眺めていると、メリアがむっと頬を膨らませた。

「……セイン様はー、ああいうメイドの方が好みですかー?」

「いや、別に好みというわけではないが……」

「あんなメイド、どうせ中身は素人ですよー? 掃除も料理も洗濯も、主人を世話するための、あらゆる技能を極めてこそのメイドですー。見せかけだけの技術に、その場限りの忠誠心。そんな偽物だらけのメイドの方が、セイン様はいいんですかぁー?」

「い、いやだから、別にあっちの方がいいと言っているわけではなく……」

どうやらメリアの、メイドとしてのプライドを刺激してしまったらしい。

しかし最近は学生寮で過ごしていることもあって、メリアにメイドとしての仕事を任せることは殆どない。そのせいか、セインも少々デリカシーに欠けてしまった。

「ジェニファ王立魔法学園の生徒ですか？」

その時、ちょうど話題にしていたメイド服の店員が、セインの傍にやって来る。

「あ、ああ。そうだが……」

「メイド喫茶『はにーらぶ』です！　よろしければお立ち寄りくださいね、ご主人様？」

メイド服の店員は、その両手で柔らかくセインの掌を包んだ。

上目遣いで優しく微笑む店員に、セインは動揺する。

「お、おぉ……っ」

ぼーっと呆けるセインの手に、店員はさり気なくビラを載せた。

フリルのついたスカートを翻して去って行く店員の背中を、セインは無言で見届ける。

「ふんっ」

「ぐほおっ⁉」

鋭いパンチが、セインの脇腹を抉った。

呻くセインは、殺意を漲らせたメリアの瞳に気づく。

「今のはセインが悪いわ」

「……同感」

女性陣はメリアの味方だった。

「鼻の下、伸ばしてんじゃないですよー？　ご主人様ぁー？」

「す、すみません……深く反省しています……」

久々に見る、堪忍袋の緒が切れる寸前の顔だった。

セインは誠心誠意、謝罪する。

しかし、店員に配られたメイド喫茶のビラだけは、こっそりと外套の内側に入れた。

「ていうか今更だけど、メイドって渾名はややこしいわね」

アリシアが呟く。

「たまーに思うんですけどー、私の渾名だけ適当じゃないですかねー？」

「うっ、い、いや、そんなことはないぞ！　ただ、メイドと出会ったのは随分と昔のことで、当時の俺にとっては、メイドと呼ぶのは貴様だけだったし……」

不機嫌そうに言うメリアに、セインは慌てて弁明した。

セインがライトリッジ聖王国で過ごしており、聖騎士として大々的に活動していた時のことだ。本来、セインは十歳を迎えると同時に、何十人ものメイドや執事が与えられる筈だったが、それ以前からセインの世話をしていた専属の従者メリアがあまりに有能であったため、結局、セインの従者は彼女一人となったのだ。以来、セインが「メイド」と呼ぶ時は、必ずメリアが出てくるようになった。渾名はその時の名残である。

元々、誰かに世話をされることに抵抗があったセインにとって、メリアは絶妙な距離感を保ってくれた。セインが自分でやりたいと思ったことには手を貸さずに見守り、セインの手の届かないことにはさり気なく手を貸す。そんなメリアの姿勢をセインはありがたいと感じていた。従者としての能力というよりも、単に相性が良かったのである。

だからこうして母国を出た後も、メリアだけは傍に置いている。

「つまり俺にとっては、今も昔もメイドと言えば貴様一人だけということだ」

「そーですかー。……先程のことがなければ、素直に嬉しかったんですけどねー」

「ぐぅ……あ、あれは不意打ちだ」

メリアはあのメイドのことを馬鹿にしていたが、やはりあれはあれで、客層の需要に応えていると思う。実際、店員に手を握られた時、セインの心は滅多にないほど激しく揺れた。あれも一瞬のプロフェッショナルだろう。

「ねえセイン。この際だから、私の渾名についても一言言わせてもらうけど……ゴールドって何よ、ゴールドって」

「髪の色だ」

「そりゃ分かるわよ！　安直過ぎって言ってんの！　少しは髪の色で呼ばれる私の身にもなりなさいよ！」

即答するセインにアリシアは怒鳴った。

「マーニ様の渾名が、一番しっくりきますねー」

「……あんまり嬉しくはないけれど、ありがとう」

書架の死神を略して、ミス・グリムである。略した途端に手抜きらしくなってしまうのはセインの悪い癖だ。

「ところで……そろそろ、一回戦が始まるけれど」

「む、そうだな。移動するか」

マーニの言葉にセインは頷く。

「会場も、広いな……」

試合会場は三つ。それぞれ初等部、中等部、高等部のグラウンドを利用する。

セインの第一試合は、見慣れた中等部のグラウンドで行われる。グラウンドの周辺には観客席が用意されており、既に多くの席が埋まっていた。

「どこも満席になるのか？」

「まあ、いつもならそうね。……言っとくけど、三日目の準決勝と決勝は、この比じゃないわよ。一番大きい高等部のグラウンドで、一試合ずつ行うんだから」

「今は三箇所に分かれている観客が、一箇所に集まるというわけか……」

三箇所に分かれている現時点でも観客は多い。各会場に五百名近くはいるだろう。広大な敷地を持つ学園だ。それでもスペースには余裕がある。

「選手はあちらで待機するみたいですよー」

メリアが講堂の方を指さして言う。

講堂の入り口には「選手控え室」と記された看板が立てかけられており、その中には身軽な衣装を纏った生徒たちが、どこか緊張した面持ちで待機していた。

「じゃあ私たちはいったんお別れね。……頑張りなさいよ？　応援してるんだから」

「う、うむ」

「？　どうしたのよ？」

首を傾げるアリシアに、セインは苦虫を噛み潰したような顔をした。

「いや……流石に緊張してきた」

「日頃、恥を曝しているんですからー、今更負けても失うものはありませんよー？」

「……恥を曝すことに慣れたら終わりだ」

普段なら激昂していたかもしれないメリアの毒舌も、今は気軽に返せない。

マズい——本当に緊張してきた。

校外学習の時はこれほど緊張していなかった。その理由はきっと、仲間がいたからだろう。彼女たちの力を借りれば何だってできるという自信があったからだ。

魔法武闘祭は個人戦。剥き出しの実力勝負となる。

——もし、初戦で呆気なく敗北してしまえば。

普段あれだけ暗黒騎士を目指すと豪語している自分が、初戦であっさりと敗北するなんて、あまりにも滑稽だ。

勿論、この日のために一生懸命、努力はしてきた。

だが努力を重ねてきたからこそ、それが報われなかった時のことを考えてしまう。

——怖い。

物心つく頃から聖騎士としての力を——女神から与えられた借り物を宿していたセインにとって、自分で掴み取った能力を信じることは難しかった。

これまでの努力を、自分自身が信じ切れていない。

「大丈夫」

黙り込むセインに、マーニが言った。

「先月も言ったけれど、貴方が習得した闇魔法《黒流閃》は、人間の基準に当て嵌めると上級魔法に該当する。大抵の敵はこれで倒せる筈」

「し、しかし俺はまだ、あの魔法をミス・グリムほど使いこなせているわけじゃ……」

「セイン」

マーニは真っ直ぐ、セインを見据えた。

「少なくとも私たちは……今のセインを、弱いとは思わない」

傍にいるメリア、アリシアも無言で小さく頷いた。

揺るぎない彼女たちの瞳に映る自分は、思ったよりも強そうに見えた。

いつの間にか、胸の奥から自信が湧いている。

「そうか。……その言葉、信じるぞ」

静かに微笑むセインに、マーニも微かに口角を吊り上げた。

「というか、多分……余裕」

「え？」

「セイン。開幕すぐに《黒流閃》を使ってみて」

「う、うむ。分かった」

師匠の提案だ。信頼してもいいだろう。

どのみちセインは早い段階で《黒流閃》を使うつもりだった。この魔法の強みは速度と貫通力だが、反面、直線的にしか進まないという弱点もある。開幕直後は選手同士が向かい合っており、更に遮蔽物は何もない。《黒流閃》を命中させる環境が整っている。

講堂へ向かい、セインはメリアと共に出番が来るまで待機していた。

「一回戦は、それぞれ別々の会場ですねー」

「そうみたいだな」

トーナメント表を見て、セインとメリアは話し合う。

セインは中等部のグラウンドの二試合目に出場し、メリアは高等部のグラウンドの三試合目に出場する。試合を終わらせて観戦に向かうのは、互いに難しいスケジュールだ。

『皆様、大変お待たせいたしました！　ただ今より、魔法武闘祭を開催いたします！』

魔法によって拡声された実況の声が響く。

グラウンドの周囲に陣取っていた観客たちの、熱気に満ちた歓声が轟いた。

その後、実況と解説の二人がそれぞれ挨拶を済まし、すぐに試合の準備が始まった。

「第二試合の方、各会場へ向かってください！」

講堂の入り口で、運営の一人が指示を出す。

第一試合の選手たちは既にグラウンドの中央で睨み合っている。次の試合に出る選手たちは、あらかじめグラウンドで待機する手筈のようだ。

「ではセイン様、頑張ってくださいねー」

「うむ。メイドも……いや、メイドは余裕で勝ち上がりそうだな」

「いえいえー、私も苦戦する時だってありますよー？」

少なくとも初戦は全く問題ないようだ。

互いに初戦の相手は顔も名も知らぬ相手。しかしこの学園の生徒である以上、並の学生とは思わない方がいい。油断は一切できない。

メリアと別れ、セインは中等部のグラウンドへ向かった。

「メイドとあたるとしたら……準決勝か」

二人でいる時は口に出さなかったが、セインはトーナメント表を配られた直後、真っ先にメリアの位置を確認していた。普段は従者として公私ともに甲斐甲斐しく世話をしてくれるメリアだが、この武闘祭の間だけは従者であると同時に強敵でもある。

「いかん、いかん。まずは、目の前の試合に集中せねば……！」

常に挑戦者であることを自覚せねばならない。

セインは気を引き締め、会場に出る。

『第二試合は、セイン＝フォステテス選手対ノエル＝ティッドマン選手です！』

実況である女子生徒の声が響くと同時、観客も大きく沸いた。

セインの目の前には、灰髪の少年ノエルが佇んでいる。

『セイン選手は一年生、対するノエル選手は二年生ですね。順当にいけばノエル選手の方が有利ですが……セイン選手は、色んな意味で予想がつかない人物ですからねー』

『まあ見た目からして普通ではありませんね、セイン選手。最近、中等部の生徒は慣れてきたので誰も突っ込みませんが』

実況の説明に解説の男子生徒も同意を示す。

中等部の生徒の試合だからか、実況と解説も中等部の生徒が行っているらしい。確かにその方が選手たちの説明も円滑に行えるだろう。

会場に出て早々、セインは観客たちの視線を集めていた。

漆黒の外套にゴテゴテとしたアクセサリの数々。これが、私語すら慎まねばならない真剣勝負の場であれば門前払いされてしまうような見た目だが……武闘祭は、楽しまなければ損な祭りである。観客たちはセインの見た目を、どちらかと言えば面白がっていた。

もっとも、戦いの場に出ている生徒たちは、これを真剣勝負と捉えている。

目を凝らせば観客席の中に、明らかに一般人ではない者たちもちらほらといた。この国の騎士だ。ジェニファ王立魔法学園の生徒たちにとって、武闘祭は彼らに自分を売り込む絶好の機会でもある。

目の前のノエルという選手も、自身を売り込むためにトーナメントに参加したのだろう。周囲の浮かれた空気に呑まれることなく、揺るぎない闘志を瞳に宿していた。

だがそれは、セインも同じだ。

セインは学外の組織に自分を売り込むつもりはないが……この武闘祭で、己の実力を確かめたいという気持ちを持っていた。それは決して遊び半分の意志ではない。

歓声が響く中、受付から渡された身代わりのペンダントを装着する。校外学習で使用していたものと同じだ。身代わりのペンダントは使用者の傷や苦痛を肩代わりし、致死量に達すると破砕する。これが破砕されれば、敗北ということになる。

『さあ——カウントダウンが始まります！』

実況者の興奮した声が聞こえると同時に、グラウンドの中央に魔法でスクリーンが投影された。スクリーンの中央に映る数字が、10、9、8、と減り続ける。

セインの左腰には一振りの剣。対するノエルは武器を持っていない。

恐らくは魔法を中心とした戦い方をするのだろう。となれば、開幕直後の中距離は相手の領分でもある。ノエルは先手を狙っているのかもしれない。

闇魔法の師匠、マーニの言葉を思い出す。

まずは開幕の一撃だ。

先手はこちらが取ってみせる。相手の動きを確認するよりも早く魔法を撃つべきだ。

流石にこの一撃で勝敗が決することはないだろう。直撃させることができれば重畳、躱されても牽制にはなる筈だ。

自分を信じてくれた仲間たちのためにも――勝つ。

セインは右の拳を握り締める。

『試合開始です――ッ!!』

カウントダウンがゼロになると同時に、実況者が開戦の合図をした。

対峙する男子生徒、ノエルが動き出すよりも早く――。

「――《黒流閃》ッ!!」

突き出した掌から、漆黒の槍を放つ。

風を斬り、さながら流星の如く黒い尾を引きながら、その槍はノエルへと迫った。

「へ――っ!?」

真っ直ぐ、高速で飛来する槍に、ノエルは目を見開いて驚愕した。

開幕直後の僅か一秒。その間に槍は、ノエルの胸元を直撃し――バギャン！　と雷が落ちたような音と共に、砂塵が巻き上がった。

『こ、これは、まさか……？』

黒い稲妻が迸り、砂塵が吹き抜ける風によって疎らになる。

グラウンドの端で、ノエルが目を回して横たわっていた。

ノエルが装備していた身代わりのペンダントは砕け散っており、その周囲には追い打ち防止のための青白い結界が展開されている。

一瞬の静寂。そして次の瞬間、実況の大きな声が響いた。

『決着！　決着ですッ！　第二試合、勝者はセイン＝フォステス選手！　あまりに一瞬の出来事で観客も騒然としております！』

『いやぁ、これは予想外ですねぇ』

観客も、セイン自身も、目の前の結果に動揺していた。

『開幕直後、セイン選手の放った鋭い魔法が見事、ノエル選手を撃ち抜きました！』

『奇襲が成功しましたねぇ。セイン選手、ノエル選手が実力を発揮するよりも早く勝敗をつけました。これもひとつの戦い方です。思い切りの良さは称賛に値するでしょう』

『しかし、先程のセイン選手が使った魔法……あれは多分、闇魔法ですよね？　あの、勘違いでしたら申し訳ないんですけど、私、今まであんな魔法を見たことないような……』

『多分、勘違いではないと思いますよ。僕も見たことがありません。もしかすると、あれは……学園では学ばない、かなり稀少な魔法かもしれませんね』

『セイン選手、これはひょっとするとダークホースになるかもしれませんよぉ！』

　勝利の実感もなく立ち尽くすセイン。その姿を見て、客席にいたセインの同級生たちも焦燥に駆られた様子で声を交わす。

「お、おい……なんだ、今の？」

「マグレ、だよな？　だってあいつ、あの落ちこぼれだぞ……？」

「で、でも今の……お前、避けられたか？」

　セインという人物を知っている者ほど、この試合の結果は衝撃的だった。

　頭を押さえるノエルを、係員が会場から連れ出す。セインは目を丸くして、呆けた様子のまま会場を後にした。

　客席の方へ向かう途中、マーニが小さな歩幅で近づいてくる。

「ね？　だから言ったでしょ？」

　呆然とするセインに、マーニはどこか嬉しそうに言った。

「貴方は自覚してないかもしれないけれど……ここ数ヶ月で、着実に成長している。今更普通の生徒に負けることはない」

　予想の斜め上となった試合結果に、観客たちはまだセインの実力に気づいていない。しかし……いずれ、セインの実力は明らかになるだろう。

「ふふ、ふふふ……っ」

少しずつ勝利を実感したセインは、笑いが込み上げた。

「ふははははっ！　やはり俺は、闇(やみ)に選ばれし——痛いっ⁉」

「調子に乗り過ぎない」

マーニに脛(すね)を蹴(け)られたセインは、苦悶(くもん)の表情を浮(う)かべた。

「元々、あの魔法は奇襲に向いている。だから初見の相手には効果も絶大だけれど……次も同じことができるとは限らない」

「た、確かに……」

流石は師匠だ。既に先のことを考えている。

淡々とした口調で諭(さと)されたことによって、セインの興奮はすぐに冷めた。

不思議な気分だ。

聖騎士の力を封(ふう)じてからというのも、どんな敵にも苦労してきた。入学直後はゴブリンすらマトモに倒せなかったほどである。

それが今や、ジェニファ王立魔法学園の上級生を無傷で倒せるほどになった。

あまりにも理想通りの展開に、いっそ不気味な感触(かんしょく)すら覚える。

「なんにせよ、一回戦突破おめでとう。……正直、入学当初はアンタがここまで強くなるなんて思っていなかったわ」

マーニの後ろからやって来たアリシアが、セインを称賛する。

「ああ……俺自身、驚いている。やはり、良い師匠と巡り会えたことが功を奏したのだろうな」

セインがそう言うと、傍にいたマーニは微かに頬を紅潮させた。

「って、そうだ！　メイドの試合は――」

「――終わりましたよー」

メリアも試合に出ていることを思い出し、慌てて観戦に向かおうとしたセインだが、背後から当人の声が聞こえて足を止める。

「瞬殺してきましたー」

にこりと微笑むメリアに、セインは「お、おぉ……」と妙な相槌を打った。

ビギナーズラックで瞬殺したセインと違い、メリアは実力のみで瞬殺してみせたのだろう。いつも通りの従者の衣服には、汚れひとつついていなかった。

「一先ず、どちらも二回戦進出か」

「セイン様との勝負、楽しみにしてますー」

「……ま、まだ先があるからな。うむ。貴様もこのまま勝ち上がれるとは限らんぞ？」

ボッコボコにされる未来しか見えない。セインは動揺しながら答えた。

「アンタたちが戦うとしたら、準決勝になるんだっけ？」

「こちらのトーナメント表によりますと、そうなりますねー」

メリアが折りたたんでいたトーナメント表を開き、アリシアに見せる。

へぇ～、と面白そうに表を見ていたアリシアは、途端に険しい目つきになった。

「メリア……アンタ、三回戦で生徒会長とあたるかもしれないわよ？」

アリシアの言葉に、メリアは神妙（しんみょう）な面持ちとなった。

「やはりー……あの人は、勝ち上がってきますよねー」

「ええ。あ、でも二回戦の対戦相手……」

トーナメント表を見ていたアリシアが何かに気づく。

「よお、セイン！」

その時、何処（どこ）からかセインを呼ぶ声がした。

振（ふ）り返（かえ）ってみれば、そこには二人の見知った人物がいる。

「エルディス兄妹か」

赤髪の双子（ふたご）。豪快（ごうかい）に笑う兄のレイド＝エルディスと、その斜め後（うし）ろで小さく会釈（えしゃく）する妹のユリア＝エルディスをセインは見る。

二人とは校外学習の時、死闘を繰り広げた仲だ。それぞれ所属するクラスは違うが、あれ以来、偶にこうして顔を合わせては談笑している。

「そう言えば、二人とも試合に出ていましたねー」

「おうよ。無事に二回戦進出だ。お前らもちゃんと勝ち上がってるみたいだな。……嬉しいぜ、張り合いのある奴が残ってくれてよ」

獰猛な笑みを浮かべてレイドは言った。

対し、アリシアは呆れた様子で肩を竦める。

「校外学習では私たちに負けたくせに、よく言うわね」

「へっ、今回は個人戦だ。あの時はお前らのチームワークに負けたが……俺もユリアもどっちかって言うと単独で戦う方が得意なんでな。次は負けねぇよ」

自信満々に告げるレイド。その言葉はとても嘘には聞こえなかった。

「ところで、その……マ、マーニは試合に出ねぇのか？」

急にレイドが、普段の堂々とした振る舞いを止め、遠慮気味にマーニへ訊いた。

まさか話しかけられるとは思っていなかったのか、マーニは少し遅れて返事をする。

「……貴方には関係ない」

「うっ……ま、まあ、そう言われりゃあ、そうなんだけど……」

レイドはしゅん、と見るからに落ち込んだ。

あまり細かい事情は分からないが、どうやらレイドはマーニと良好な関係を築きたいらしい。そう言えば、レイドは校外学習が始まる前まで、図書塔に引き籠もってばかりのマーニのことを馬鹿にしていたと思い出す。あの時の反省もあるのだろう。

「ミス・グリムは人見知りなんだ。悪気はない」

「……勝手なこと言わないで」

レイドをフォローするべくセインが告げると、隣のマーニが小声で指摘してきた。

「セイン様」

話の接ぎ穂を失ったところで、ユリアに名を呼ばれる。

元々ユリアの口調はこのように丁寧なものだったと記憶しているが……メリア以外に様付けされたことで、セインは少し妙な気分になった。

「その……お、お久しぶりですわ！」

「？　う、うむ」

妙に緊張した様子のユリアに、セインは軽く首を傾げる。

「お、お気づきかもしれませんが、わたくしとセイン様は、このまま順当に勝ち進めば三回戦であたります」

それはセインも確認(かくにん)していたので、首を縦に振る。

「ですから、その……お、応援しています！　絶対、勝ち進んでくださいまし！」

顔を真っ赤にしたユリアが、びしっとセインを指さしながら言った。

用が済んだのか、ユリアは紅潮した顔を両手で隠(かく)しながら再びレイドの背中に隠れてしまう。ぎこちないユリアの様子に、セインが首を傾げていると、

「まーーーーた引っかけてきましたねーーーー？　セイン様ーーーーー？」

「いだだっ、いだ、痛いっ！　わ、脇腹をつねるな、メイドよ！」

メリアがじっとりとした目でセインを睨みながら、脇腹をつねる。

その様を見て、マーニはこっそりとアリシアへ耳打ちした。

「アリシア……もしかして、セインって結構モテる？」

「えっ!?　い、いや、その……ど、どうかしらね？　そうかも、しれないけど……」

セインに惚(ほ)れているアリシアとしては、どう答えればいいのか難しい質問だった。

セインはどちらかと言えば恋愛(れんあい)対象になりにくい人間だ。しかしそれを口にしてしまうと、ならばセインに惚れている自分はどうなるのか……という悩(なや)みがアリシアの頭を過ぎる。かといってセインがモテるとはっきり認めるのは、それはそれで複雑だ。

あからさまに狼狽するアリシアに、マーニはいつも通りの何を考えているのか分からない顔で小さく首を縦に振る。

「ふぅん……まあ、分からなくもないけど」

「えっ⁉」

アリシアが再び驚愕した。

冗談交じりの一言ではない。マーニは視線を足元に落とし、微かに照れているような素振りを見せた。アリシアの胸中に危機感が湧く。

「っと、そろそろ二回戦が始まるみてぇだな」

校内に響くアナウンスを聞いて、レイドが呟く。

「俺はこの辺で失礼するぜ。……次はちょいと、集中したいんでな」

気を引き締めた様子でレイドは言った。

「アンタの対戦相手、生徒会長でしょ？」

アリシアの問いにレイドは頷く。

「ああ。……一年に一度の、待ちに待った機会だ」

レイドは口角を吊り上げて言った。

強敵との戦いを求めているレイドにとって、学内最強と名高いカインとの試合は、この上なく貴重なものなのだろう。実際レイドは校外学習にて、一学年上のカイン＝テレジアと少しでも長い時間、肩を並べるために、優勝した褒賞で飛び級することを狙っていた。

レイドとカインの対戦を知らなかったセインは、驚きながら手元のトーナメント表に目を通す。二回戦の第一試合、そこでレイドとカインがぶつかるようだ。

カイン＝テレジア。

最近、意識しているその名に視線が釘付けとなる。

「セイン様ー、よろしければレイド様の試合を見に行ってくれませんかー？」

トーナメント表を見つめるセインに、メリアが言った。

「私は二試合目に出場しなくてはいけませんので、観戦できませんからー」

「そうか……このままメイドが二回戦を勝ち進めば、次はこの二人のどちらかが相手になるわけか。……うむ、分かった。俺が偵察してやろう」

「ありがとうございますー」

セインとしても、レイドとカインの対戦は気になる。

メリアの応援ができないのは残念だが、彼女なら次も問題なく勝ち上がるだろう。メリアの二回戦の対戦相手は無名の生徒だ。

「というわけだ。存分にその勇姿を見届けさせてもらうぞ」

「おう、任せとけ」

レイドは不敵に笑って言う。

その肩は、微かに武者震いしていた。

十分後。

目前に迫った決戦に対し、レイド＝エルディスは静かに気合を入れ、一歩一歩と足取りを確認するかのようにゆっくりと高等部のグラウンドへ向かった。

体調、気力ともに万全。やり残したこともない筈だ。

「お兄様……頑張ってくださいまし」

「……おう」

エールを送る妹のユリアは、自分よりも緊張しているように見えた。

健気な妹に対し、レイドは真顔で応える。

今は冗談交じりに明るく笑みを浮かべることができなかった。

きっと、会場にいる殆どの生徒は知らないだろう。

今のレイドの背中には――重たい責任がのし掛かっている。

レイドの生家であるエルディス子爵家は、上流階級に属してはいるが、軍事部門のみで成り上がった武闘派の一族だ。

通常、新米の貴族は爵位を与えられると同時に保身を考え、権力闘争に身をやつすことになるのだが、エルディス家は違った。エルディス家は爵位を与えられてからも権力にはあまり興味を示さず、ひたすら武勲のみに拘った。

戦時は誰よりも武勲を求め、平時は目立つことなく一家の武力を鍛え続ける。そんなエルディス家を、多くの貴族が一度は馬鹿にした。だが、やがてその愚直なまでの一貫した態度は、貴族社会では珍しい利害を無視した信頼を生み出すこととなった。

権力欲を持たず、ひたすら武勲にばかり拘るエルディス家は、今や多くの貴族たちに受け入れられている。人間が相手だろうと、魔物が相手だろうと、戦と言えばエルディス子爵家だ。最初は使い勝手のいい道具として扱われていたのかもしれない。しかし次々と大きな武勲を立て続けてきたエルディス子爵家は、次第に尊敬の眼差しと共に、あらゆる貴族から「力を借りたい」と頭を下げられるようになった。領内に現れた大型の魔物を倒して欲しい。諸事情で兵士を分けて欲しい。そう嘆願されることも少なくはない。プライドの高い貴族が他の貴族に頭を下げて嘆願するなど、本来は極めて稀なことである。

レイド＝エルディスは、その子爵家の次期当主だ。

レイドは、生粋の武闘派貴族の長男に生まれた。

現当主である父親は、王国随一の戦士と呼ばれている。

それらに恥じないような生き方を、レイドは幼い頃から強いられてきた。

幾つもの重責を生まれ持ったレイドにとって……敗北とは、決して簡単に受け入れられる事実ではない。


『二回戦、第一試合はレイド＝エルディス選手対カイン＝テレジア選手です！』

高等部のグラウンドに実況者の声が響くと同時、大きな歓声が上がった。

予想はしていたが、この試合は多くの者が注目しているらしい。観客席は試合が始まる随分と前に埋まっており、立ち見席も人で溢れかえっていた。

学園の生徒だけでなく、多くの一般客もカインとレイドの優れた実力を知っているようだった。一般客の半数以上は生徒たちの家族だ。生徒から受け取った学園内の情報を、他の者たちと共有しているのだろう。

『レイド選手もカイン選手も、この学園では名の知れた実力者です！　この試合を、事実上の頂上決戦と思っている方も多いのではないでしょうか⁉』

『特にカイン選手は、昨年度の武闘祭の優勝者ですからねぇ。あの時は結局、最後まで傷ひとつつけることなく優勝していましたが……今年もそうなるんでしょうか』

『初等部の頃から、負け知らずで有名なカイン選手ですからねー！　ここまで実力が隔絶しているといっそ負けて欲しくないとすら思いますが……実況的には是非とも盛り上がって欲しい一戦ですッ！　レイド選手、応援しています！』

『駄目ですよ、実況がどちらかの選手に肩入れなんて』

この対戦カードには実況と解説も興奮しているらしく、浮かれ気味な会話が聞こえた。

レイドはちらりと客席の方を一瞥する。

そこには真剣な眼差しでこちらを見るセインがいた。

セインの従者であるメリアは、第二試合に出場するため既に他の会場の付近で待機している。アリシアとマーニは彼女について行ったようだ。

――マーニがいないのは悲しいが……逆に集中できるかもしれねぇな。

先月の校外学習を思い出す。

あの日、レイドは久々に同級生に敗北した。

油断がなかったと言えば嘘になる。また、言い訳がましい話だが……闇森人のマーニが繰り出した魔法に、思わず魅入ってしまったことも敗因のひとつだろう。父を中心とした家族の影響で、レイドは豪快で破壊力に特化した魔法が大好きだった。

あれ以来、レイドの頭の中には、月夜に見たマーニの美しい横顔が残っている。いつか彼女とは面と向かって話し合いたい。あの時の闇魔法についても教わりたい。そういう気持ちがずっと頭の中を漂っている。

しかし――今は、目の前の戦いに集中せねばならない。

カイン＝テレジア。

それはレイドにとって、はっきりとした格上の相手だった。

実況と解説が話していた通り、カインは初等部の武闘祭でも連戦連勝を遂げていた。その大会にはレイドも参加していたが、あっさりとカインに敗北している。

恐らくカインはレイドのことを、大して意識していないだろう。路傍の石のように捉えているに違いない。それは今、相対しているカインの冷めた目を見れば理解できる。

認めてはならない。

エルディス子爵家の長男として、同じ相手に負け続けることなどあってはならない。

プライドと責任。二つがレイドの背にのし掛かっていた。

『カウントダウンが始まります！』

グラウンドの中心にスクリーンが投射され、カウントダウンが始まる。

怜悧な眼差しで佇むカインに対し、レイドは内側から込み上げてくる闘志を堪えきれずに血走った目でカインを睨む。両の拳を握り締めると、緊張で手汗が出ていることに気づく。恥じることはない。あの男と対峙して平然としていられる者などいない。

しん、と辺りが静まり返る。

対峙するカインとレイドの真剣な気概が、周囲に伝播し、場を支配した。

祭りの雰囲気ではない。誰かの唾を飲み込む音がはっきりと聞こえた。

『試合、開始ですッ!!』

戦いの火蓋が切られる。

直後、レイドはカイン目掛けて疾駆した。

「《土散弾》ッ!!」

足元にある土が浮き上がり、幾つもの硬い弾丸と化してカインへ襲い掛かった。

レイド＝エルディスは強い。それは素人目でもはっきりと分かる事実だが——その最大の武器が、繊細なバトルセンスであることはあまり知られていない。

がさつな見た目や振る舞いとは裏腹に、レイドは繊細なセンスを持っている。

開幕直後に《土散弾》を放ったのは、カインに防御の一手を取らせるためだ。土属性の魔法である《土散弾》は、セインが得意とする《黒流閃》と比べて、速度は落ちるが広範囲を攻撃できる。この初手を回避するのは難しい。

しかしカインは、全く焦ることなく右の掌を突き出した。

「《光弾》」

小さく、カインが呟いた。

迫り来る土の散弾を、大きな光の玉が打ち消した。

「な――っ⁉」

レイドが驚愕して足を止めた。

カインが放った《光弾》は光属性の初級魔法だ。しかし、脆く、小さく、実用性に欠けている筈のその魔法は、レイドの散弾を尽く防いでみせた。

「ちっ！」

舌打ちしたレイドは《錬金》で土から剣を生み出す。

そのままカインへと斬りかかろうとしたが――まだカインの《光弾》は発動中だった。

無数の光弾が迫り来る中、レイドは接近を中止し、防御に回る。

「ぐっ……一発一発が、重い……ッ⁉」

次々と放たれる光弾を土の剣で防ぐ。

初球魔法の威力ではなかった。鉄の塊の如く重たい弾丸が、際限なく飛来する。防戦一方となったレイドは、冷や汗を垂らしながら剣を振り回した。

やがて、手元から大きな破砕音がする。

「嘘だろッ⁉」

土の剣が破壊され、砂粒と化して足元に落ちた。

接近戦に持ち込みたかったが、諦めてレイドは後退する。

レイドは剣を用いた近接戦闘を得意とするが、中距離が苦手というわけではない。

澄ました顔で佇むカインへ、レイドは怒りに近い感情を抱いた。

「《現界せよ》《大地を走る瓦礫の海》――《大岩流》ッ!!」

レイドの足元で大きな地割れが起こる。

盛大な破砕音が響いた。地面に走った亀裂は真っ直ぐカインの方へと向かう。

砕けて飛び散った地面はやがて土石流の如く、巨大な質量の塊と化して、カインへと襲い掛かった。

「《光輝球》」

カインの目の前に、巨大な光の塊が顕現する。

次の瞬間、土石流は跡形もなく消失した。

――おい。

レイドは目を見開く。

今の魔法は……本気で撃ったつもりだ。

それをこうも容易く、眉一つ動かすことなく、淡々と処理されてしまうとは。

──いくらなんでも差がありすぎるだろう。

冷酷な現実を目の当たりにして、レイドの思考が真っ白に染まった。

刹那、眼前に佇むカインの頭上に、大きな光の槍が顕現する。

「──《煌光槍》」

太陽に重なる位置から、巨大な光の槍が放たれる。それはあたかも、日の光が破壊の権化となって襲い掛かってくるかのような光景だった。

眩い光がグラウンドを照らす。

突き刺さった光の槍は、盛大な爆発と共に地面を抉った。

「ぐあ──ッ!?」

前方からの激しい衝撃に、レイドは悲鳴を上げる。あまりの爆風に瞼を開くことができない。何も見えない閉じた視界の中、胸元でバキリとペンダントの砕ける音がした。

砂塵が晴れた中で、レイドは青白い結界に守られながら呆然とする。

『し、試合終了──ッ！　勝者は、カイン＝テレジア選手!!』

四方八方から大きな歓声が響いた。

しかし彼らの声は、レイドの耳に入らない。

あまりにも呆気ない幕切れに、レイドは言葉を失った。対して、カインは淡々とした表情で——まるで退屈だとでも言わんばかりの様子で、口を閉ざしている。

『開幕直後から、息つく間もない激しい攻防でした！　それを見事、制してみせたのはカイン選手です！』

『結果だけ見れば、圧倒的と言わざるを得ませんね。カイン選手、試合が始まる前後で一歩も動いていないんじゃないですか？』

『え？　……ほ、本当ですね』

『これは今年も優勝ですかねぇ』

実況と解説の会話を聞いて、レイドはカインが立っている位置を確認した。

確かに、カインは一歩も動いていない。

最初から最後まで、カインはレイドに対して全く危機感を抱かなかったということだ。

「くそ……っ」

沸々と、悔しさが湧いてくる。

「——————くそッ!!」

大きな実力差を痛感し、レイドは拳を地面に打ち付けた。

丸められたレイドの背中からは、こんな筈ではなかったという無念を感じた。

未熟な己に怒りを抱くレイドから、セインはゆっくりと目を逸らす。

「……強いな」

次の試合の準備が始まる。視線の先に佇んでいたカインは、一言も発することなく会場を後にした。微かな疲労すらないのだろう。息一つ乱していない。

事実上の頂上決戦。そう謡われていたこの試合の決着は、実にあっさりとしたものだった。レイドの放った魔法はいずれも派手で、特に《大岩流》を使った時は観客たちも激しく興奮したが、それでもカインには掠り傷ひとつつけられなかった。

勝負は全く拮抗していない。解説の言う通り、結果はカインの圧倒的な勝利だ。

しかし、観客の大半はそれを予想していたのか、大袈裟に驚愕することはなかった。

もしかすると、観客たちは最初からカインが優勝する前提で、この武闘祭を楽しんでいるのかもしれない。カインの圧勝は例年通りの、恒例のこととして認識されているのかもしれない。それはカインの対戦相手にとってはこの上なく酷な話だ。

「セイン様ー」

背後から声をかけられる。

「メイドか。……その様子だと、無事に勝ったようだな」

「はいー」

一回戦の時と同じく、メリアは無傷で勝利してみせたらしい。服には汚れひとつ付着しておらず、髪型も全く崩れていない。

「それで、こちらの試合の結果はー……まあ、予想通りみたいですねー」

メリアは周囲の様子からカインとレイドの試合結果を予測する。

「生徒会長はどうでしたかー？」

「圧勝だ。……はっきり言って、見たところでどうにもならんくらい強い」

ジェニファ王立魔法学園の生徒は、他の学び舎の生徒と比べて実力が高い。その中でもカインは別格の実力を持っているようだった。

既に大人顔負けの戦力だ。

だからこそ――どうして、そこまで強くなれたのか気になる。

セインの聖騎士としての強さは、女神という超常の存在によって与えられたものだ。誰もが驚くほどの幸運に恵まれたわけだが、それによってセインが強くなった理屈自体は単純明快である。

しかし、カイン＝テレジアの強さは謎めいている。

「校外学習の時も思いましたがー……普通の人間にしては、強すぎる気がしますねー」

「だが、間違いなく普通の人間だ」

セインは告げる。

「俺と同じ、与えられた力というわけでもないだろう。……あれは、本物の強さだ」

努力で手に入れた力であることは間違いない。

それは、努力以外で力を手に入れたセインだからこそ、理解できることだった。

謎めいているのは、そこまで努力を続けられた精神力の方だ。

あれだけの強さ、生半可な努力では手に入らない。セインも今は、暗黒騎士を目指すべく死に物狂いの努力をしているが、最低でも同じくらいの気概で努力を続けてきたのだろう。才能にあぐらをかくこともなく、ひたすら貪欲に強さを磨き続けてきたのだ。

「色々と気になるが、あの男と会話で分かり合える気はしないからな……」

「というか、セイン様の正体もバレかけていますし、迂闊に接触できないですねー」

バレかけているというか――バレているのではないだろうか。

校外学習以来、カインは露骨にセインのことを注目している。直接、声を掛けてくることはないが、同じ場にいれば必ずこちらに視線を注いでくる。

聖騎士であることを除けば、セインはただの変人だ。悪目立ちすることはあっても、あんな風に意味深な視線に曝される心当たりはない。カインは明らかに、周囲の評判とは別のところでセインのことを気にしている。

副会長エミリアもそんなカインの様子に違和感を覚えていたからこそ、セインに「会長とは知り合いだったんですか?」と質問したのだろう。

落ち込んだ様子のレイドが会場から去って行く。

今のレイドには、声を掛けることが憚られた。

「ところで、ミス・ゴールドと、ミス・グリムはどうした?」

「セイン様の試合を見るために、席を取りに行きましたー」

次はセインの二回戦だ。

応援してくれるのはありがたい。しかし……このタイミングで、レイドとカインの試合は見るべきではなかったかもしれない。

二人が戦っていた時の光景が、暫く頭から離れない。

レイドも必死だった筈だ。それを、あのカインという男はいとも容易く倒してみせた。

背中を丸めて落ち込んでいたレイドの姿が、瞼の裏に焼き付いている。

悔しいと感じるのは当然だ。レイドは校外学習の時、カインのことを好敵手のように考えている節があった。その相手に、こうも一方的に倒されてしまったのだから。

もし、あれが自分だったら。そんな想像が止まらない。

今からでも、何かできることはないか。得体の知れない焦燥に駆られる。

「えーい」

不意に、メリアがセインの両頬を軽く抓った。

「むぅ――な、何をしている？」

「あんまり考えても仕方ないですよー？」

メリアは言う。

「今日、この場で示すことができるのは、日頃の成果だけですからー……勝ったら過去の自分を褒め称えて、負けたら過去の自分を戒めればいいだけのことですー。レイド様があの生徒会長に勝てなかったのは、レイド様の努力が足りていなかっただけですよー」

「……極論だな。しかし、そうかもしれない」

メリアが何を言いたいのかは理解できる。

「ここまできた以上、あとはやれることをやるだけか」

「そーゆーことですー」

メリアは深く首を縦に振った。

いつも通りの立ち居振る舞いをする彼女に、セインはつい苦笑する。

「まったく……普通なら、俺ではなくメイドの方こそ緊張すると思うのだがな。次の生徒会長との試合、勝算はあるのか？」

「そーですねー……」

セインの問いに、メリアは暫く考えてから答えた。

「ここで話してしまうと、セイン様が試合に集中できない気がしますのでー……今は黙秘させていただきますー」

「む……まあ、そうだな。メイドの言う通りだ」

セインはまだ三回戦に進出すると決まったわけではない。

メリアとカインの試合は、今の自分が気にするべきことではなかった。

「メイドが三回戦に進出したのだ。その主である俺も、当然、こんなところで負けるわけにはいかないな」

「その意気ですー。頑張ってくださいねー」

「うむ！」

気合十分といった様子で、セインは控え室である講堂へと向かう。

講堂ではもう少しで試合に出場する選手たちが控えていた。当たり前だが、一回戦の時と比べて控え室にいる生徒の人数も減っている。

一回戦の前は和気藹々とした空気だったが、今は緊張した空気が立ちこめていた。この辺りから、互いをライバルと認識し始めるのだろう。談笑している者もいるが、殆どの生徒は目を閉じて精神統一をしていたり、ストレッチに集中していたりする。

武闘祭に参加している生徒の人数は三十二人。

実力主義を理念としたジェニファ王立魔法学園の生徒にしては少ない気もするが、そもそも武闘祭は中等部だけでなく初等部、高等部でも行われる。

以前、全校集会でカインが言っていたように、武闘祭は学外の組織に自身の実力をアピールできる貴重な機会だ。とは言え、大した実力もないくせに武闘祭へ出場し、その結果恥を掻いてしまっては逆効果である。そのため自信のない中等部の生徒は、今は雌伏の時と考え、高等部での出場を考えているのだろう。実際、高等部の武闘祭は毎年、百人近くの生徒が参加するという。

その気になれば中等部で学園を卒業し、社会に出て働くことも可能だが、大抵の生徒は高等部まで進学する。なら、学外の組織との伝手を作るのは、社会に出る直前でいいという考えも分かる。

つまり、初等部や中等部の時点で武闘祭に参加している生徒は、少数派だ。

彼らは大まかに、二種類に分けることができる。

相当、血気盛んな生徒か……よほど腕に自信のある生徒かのどちらかだ。

中等部の武闘祭に参加する生徒は、元々、粒揃いと言っても過言ではない。二回戦に残ったのは、参加者の半数である十六人。強者が多く残っている。

「よお、落ちこぼれ」

微かに緊張しているセインに、くすんだ茶髪の男子生徒が声を掛けた。

その生徒の名は知らないが、顔は知っている。

数日前。武闘祭にエントリーするセインのことを、馬鹿にしてきた男だ。

「正直、驚いたぜ。まさかお前が一回戦を突破するとはな」

ニタニタと腹立たしい笑みを浮かべて男は言った。

以前と違って周囲に取り巻きはいない。誰かと徒党を組まなくても、元からこういう性格の人物らしい。

セインは溜息を吐いた。

「……何の用だ」

「あぁん？　次の対戦相手、見てねぇのかよ？」

男子生徒は不機嫌に言った。

講堂の壁に貼り付けられているトーナメント表を確認する。

次のセインの対戦相手は、ロクサスという名の生徒だ。

その人物が誰かは知らないが、話の流れから察するに……。

「……貴様が、次の相手か」

「そういうことだ」

ロクサスは口角を吊り上げる。

「一回戦はマグレで勝ったようだが、次はそうもいかねぇ。……人の忠告を無視して、武闘祭にエントリーしたお前が悪いんだぜ？　盛大に恥を掻かせてやるよ」

言いたいことを言ったのか、ロクサスは踵を返した。

程よく緊張していたところに水を差されたような気分だが、あの男も二回戦に勝ち上がった選手の一人。セインにとっては、怒りに飲まれて勝てるような相手ではない。

「第七試合に出場する方、準備をお願いいたします！」

講堂の入り口で運営が呼びかける。

「……ある意味、これもひとつの試練か」

小さく呟いてセインは会場へ向かった。

学園に通うようになってから、セインは何度も落ちこぼれと罵られていた。

しかし、少なくとも入学当初と比べれば自分は間違いなく成長している。それは一回戦の結果を見れば明らかだ。

この学園にはロクサスのように、まだセインのことを、入学当初と同じように何もできない無能と捉えている者が大勢いる。

彼らを一概に悪いとは言えない。悪気がなく、純粋にそう思っている者もいるだろう。

しかし、本気で暗黒騎士を目指すなら、どこかで彼らの印象を覆さなければならない。

落ちこぼれ脱却。

いつか必ず成し遂げなければならないその目的は――きっと次の試合で、ロクサスを倒すことで果たされる。


会場である中等部のグラウンドには、既に大勢の観客がいた。

観客席の前列に、こちらを見ているメリア、アリシア、マーニの姿を見つける。セインは微かに笑みを浮かべた後、気を引き締めてロクサスと対峙した。

『二回戦、第七試合はセイン＝フォステス選手対ロクサス＝ブレイ選手！』

実況の女子生徒が、明るい声音で告げる。

『学年は同じですが、得意とする魔法はそれぞれ違います！　セイン選手は闇の系譜、ロクサス選手は五行の系譜です！』

『セイン選手はまだ手の内を温存している状態ですね。闇の系譜って独特な魔法も多いんですが、それを隠し持っているのは強いですよ』

『そう言えばセイン選手、一回戦では一瞬で決着をつけていましたもんね。あれは実に鮮やかな奇襲でしたが……もしや手の内を温存するための策だったんでしょうか？』

『かもしれませんね。しかし、ああいった奇襲は何度も使える戦法ではありません。ロクサス選手も当然、警戒しているでしょう。……セイン選手はこの試合、純粋な実力勝負を余儀なくされているのではないでしょうか』

解説が冷静に分析を述べた。

その分析は的中している。この試合は互いの実力差が明らかになるだろう。

だからこそ、負けられない。

『ちなみにセイン選手、中等部では暗黒馬鹿と呼ばれています』

「誰が暗黒馬鹿だ！」

実況の女子生徒に向かってセインは叫んだ。

今、その情報を出す意味はあったのだろうか？

客席から笑い声が聞こえる。特に初等部の生徒たちに受けたらしく、子供の明るい笑い声が暫く聞こえていた。

『対するロクサス選手はバランスの取れた戦いをします。複合魔法こそ使えませんが、炎と水の魔法を巧みに使い分ける上、接近戦も苦手ではありません』

セインの情報ばかり開示するのは不平等と考えたのか、解説がロクサスについても言及する。話を聞く限り、日頃の振る舞いとは裏腹に隙のない戦法をするようだ。

炎と水の属性ということは、複合魔法を使用できないメリアのようなものだ。メリアの下位互換と言ってもいいが、多くの場数を踏んできた猛者である彼女と、ただの学生を同列に語るべきではないような気もする。

ロクサスもセインと同じく、腰には一振りの剣を吊るしている。

だが、恐らくは魔法を主体とした戦い方をするのだろう。武術を中心とした戦いをする者とは筋肉の付き方が違った。

『ちなみにロクサス選手は、中等部一年の中でも上位の成績ですね。武闘祭には初等部の頃から出場しており、過去には準決勝まで勝ち進んだことがあります。うーん……これはセイン選手、ちょっと厳しめな気がしますねー。……セイン選手！　ここは踏ん張りどころですよーっ！』

言われなくとも、踏ん張りどころであることは理解している。

セインは無言で両手の拳を握り締めた。

『カウントダウンが始まります！』

目の前のスクリーンでカウントダウンが始まると同時に、セインは小さく呼気を発した。

正直な話、今更落ちこぼれだの暗黒馬鹿だの言われても、そこまで本気で腹を立てることはない。

けれど、その現状に慣れてしまったら終わりだ。

暗黒騎士を目指す。その想いを今一度、強く胸に抱く。

『試合——開始ですッ！』

セインとロクサスは、視線を交叉させながら徐に動き出した。

互いの距離を保ちながら、視線や動作で牽制する。

「《闇弾》ッ!!」

先手はセインが取った。

漆黒の弾丸が掌から放たれ、ロクサス目掛けて突き進む。

だが、ロクサスはこれを容易く回避した。

「はっ！　んな魔法、当たるかよ！」

ロクサスが一気に距離を詰めてくる。

接近戦に持ち込む気か？　——いや、そうではない。

腰に吊るした剣に触れることなく、こちらへ近づいてくるロクサスを見て、セインは素早く真横に飛び退いた。

「《炎散弾》ッ！」

ロクサスの突き出した腕から、炎の散弾が放たれた。

「くっ⁉」

比較的広範囲を攻撃する魔法だ。

寸前で真横に跳んでいたことが功を奏し、セインは致命傷を免れる。しかし幾つかの弾を受けてしまい、左肩と背中に無視できない痛みが走った。

素早くセインは体勢を整える。

一方、ロクサスは意地の悪い笑みを浮かべて、セインを見下ろした。

「おいおい、いきなり必死じゃねぇか」

立ち上がるセインに、ロクサスは言う。

「もう少し耐えて見せろよ。じゃねぇと、観客も退屈だろ」

ちらりとグラウンドを囲む観客たちを一瞥し、ロクサスは言った。

セインは、そんなロクサスの視線に釣られることなく、口を開く。

「いつまでも……」

「あん？」

絞り出したような声を発するセインに、ロクサスは首を傾げた。

「いつまでも、俺が落ちこぼれだと思ったら――大間違いだッ！」

大地を蹴り抜き、セインはロクサスへと肉薄した。

ロクサスの動き――特に腕の向きに注意する。大抵、魔法の基点となるのは掌だ。その向きにさえ注意していれば、魔法の射線は予測できる。

「馬鹿が！　無策に突っ込んできやがって！」

ロクサスは笑いながら、右の掌をセインへと向けた。

――来る！

少し先に訪れる攻撃を予期し、セインは左腰に吊るしている剣を鞘ごと手に取った。

「もう一発くらえ！　《炎散弾》ッ！」

炎の散弾が、大気を貫く。

小さな弾の形に固められた炎は、さながら真紅の宝石だった。何十発もの灼熱を帯びた宝石が襲い掛かる。その恐ろしい光景から目を逸らすことなく、セインは剣を構えた。

炎の散弾を、剣の鞘で受け止める。

「ぐう――っ！」

「なっ⁉」

呻くセイン。対し、ロクサスは驚愕した。

広範囲を素早く攻撃する魔法《炎散弾》は、回避することが難しい。しかし代わりに一発一発の威力が弱いという欠点もある。

面による攻撃は、回避よりも防御で対応するべきだ。

これで決着がつくと思っていたのか——ロクサスの動きが一瞬、遅れる。

「《闇弾》ッ!!」

散弾を受けた衝撃で後ずさりながら、セインは空いた片手で闇の弾丸を撃ち出した。

「く、おッ!?」

ロクサスは顔を逸らし、間一髪でセインの魔法を避ける。

「だからそんな魔法、効かねぇっての!」

効くから避けたんだろう。

初級魔法の《闇弾》は威力も速度も心許ない。しかし、直撃すれば少なからず隙が生まれる。対策なしに受け止められるほど弱い魔法ではない。

隙が生まれると同時に斬りかかるつもりだったが、流石にそこまでは上手くいかない。

ロクサスはセインと距離を取りながら、大きな魔法を放った。

「《劫火よ》《焼き尽くせ》——《火炎球》ッ!」

アリシアが得意とする魔法だ。

同じ火属性の魔法だが、先程の《炎散弾》とは形状も質もまるで異なる。高密度の、巨大な火球がロクサスの前に顕現した。

「そら、コイツは防げねぇぞッ！」

ロクサスが叫ぶと同時に、巨大な火球がセインへと迫った。

量を防がれたら、次は質で攻める。試合前に解説役が口にしていた通り、ロクサスは得手不得手のない手堅いスタイルのようだ。

だが、セインは焦ることなく、飛来する火球へ掌を向ける。

校外学習から一ヶ月が経過した。

その間も、セインはマーニと共に、闇魔法の修練を欠かさなかった。

「《暗闇よ》《飲み尽くせ》――」

突き出した掌の中心に、漆黒の粒子が集う。

「――《暗黒球》ッ！」

巨大な漆黒の球体が、セインの眼前に顕現した。

「なあっ⁉」

再び驚くロクサスの前で、炎の球と闇の球が衝突する。

迸る火炎が、漆黒の球体に少しずつ飲み込まれていった。漆黒の球体は炎を喰らう度に徐々にその形を小さくしていく。

やがて、燃え盛る炎が闇の球に吸収されると同時に、闇の球も萎んで消滅した。

相殺――分かりやすい結果に、ロクサスは激昂した。

「お、落ちこぼれの分際で――ッ!!」

額に青筋を立てたロクサスは、《炎散弾》を放った。

しかし、慌てて撃ったその攻撃は狙いが甘く、セインは回避してみせる。

――分かりやすい男だ。

どうしてロクサスが急に激昂したのか、セインはなんとなく察していた。

先程の応酬……ロクサスの放った《火炎球》と、セインの放った《暗黒球》が、相殺したという結果を思い出す。

あれはまさしく、二人の実力が拮抗していることを示していた。

今までずっとセインを見下していたロクサスにとって、その事実は耐えられないものなのだろう。だから怒りを露わにしている。

――恐れることはない。

この男は怖くない。

今の自分なら乗り越えられる壁だと、セインは確信する。

拮抗した相手だからこそ、それぞれの実力は明らかになった。

確かにロクサスはバランスの取れた戦い方をしている。しかしそれは逆に言えば器用貧乏であり、状況を覆すことができる一撃や、決め手が欠けていることに他ならない。

もっとも、そのような決め手となる魔法を持つ者は少ないのだが――幸か不幸か、セインの周りには、そういった特別な力を持つ者が多くいた。

「《劫火よ》《焼き尽くせ》――《火炎球》ッ！」

ロクサスが再び巨大な炎を放つ。

だが、やはり狙いが甘い。

そもそも《火炎球》は威力が高い分、予備動作が長い魔法だ。一発目はセインが体勢を崩していたからこそ防御に回るしかなかったが、今度は避けられる。

――アリシアの魔法は、もっと力強かった。

炎の塊を避けながら、セインは考える。

彼女の炎魔法はロクサスの比ではなかった。

直撃しなくても、掠りさえすれば瀕死の状態になってしまう。そのくらいの威力と熱量を持った炎を、アリシアは間断なく放ってくる。

彼女と比べれば、ロクサスの魔法は弱い。

「《闇弾(ダルク)》ッ！」

巨大な火球を転がって避けた後、セインは素早く攻撃に回った。

「ぐ、うッ!?」

闇の弾丸がロクサスの肩(かた)に直撃する。

刹那、セインはロクサスへと肉薄した。僅(わず)かに体勢を崩したロクサスが、再び魔法を放つよりも早く斬りかかる。鞘から抜いた剣で、セインは袈裟(けさ)斬りを繰(く)り出(だ)した。

「くそが！」

ロクサスも後退しながら剣を抜き、応戦する。

ガキン！　と剣の打ち合う音がした。

接近戦は見応(みごた)えがあるのか、それともこの武闘祭では珍(めずら)しいのか、観客たちの声が一層強くなる。

しかしセインもロクサスも、接近戦を中心とした戦い方は得意ではない。

聖騎士として戦っている時、セインはよく剣を使用するが、あれは女神の加護を利用して力任せに振っているだけだ。純粋な剣術(けんじゅつ)というものをセインは習得していなかった。

一方、ロクサスも剣術を専門的に学んでいる様子はない。しかし、それでも懐(ふところ)に潜(もぐ)り込まれた場合を警戒して、最低限、相手との距離を稼(かせ)ぐための技(わざ)は身についている。

「はッ!!」

頭上からの振り下ろしを受け止められたセインは、すぐに屈んで右薙ぎを放った。

だが、ロクサスはこれを縦に構えた剣で受け止める。

「調子に乗るなッ！」

ロクサスは大きく横に剣を薙いだ。

セインが後方へ飛び退いた直後、ロクサスは魔法を発動する。

「《妬め》《濁った水面の精よ》――《水腕》!!」

今度は水の魔法だ。

地面から水の腕を出し、相手を掴み取るという拘束の魔法。かつてメリアも使用したことがある魔法である。

しかし彼女と比べると、やはり拙い。

――メリアの魔法は、もっと的確だった。

無駄なく洗練された彼女の魔法は、いつも的確に相手を追い込む。

逃れられないタイミングで、逃れられたとしても次の一手に必ず繋がるように、メリアは巧妙に魔法を使っていた。

足元から無数の腕が迫る。

しかしセインは、跳躍と同時に掌を真下へ向けた。

「《闇散弾》ッ!!」

闇の散弾が、迫る水の腕を一つ残らず破壊する。

辛うじて着地するも無傷であるセインに、ロクサスは歯軋りした。

戦えば戦うほど、互いの実力について詳しく知ることができる。

ロクサスにはアリシアほどの決め手がなければ、メリアほどの判断力もない。バランスが取れているのはあくまで魔法の実力のみだ。戦う実力そのものではない。

負けられない戦い。

僅かでも気を抜くことができない戦い。

そんな重たい試合であるにも拘わらず、セインの気分はどこか高揚する。

思えば、ここまで拮抗した試合は初めてかもしれない。

これが本当の戦いなのか。

「落ちこぼれぇ――――ッ!!」

ロクサスが吠える。

その手に水が密集し、斬撃と化してセインへと襲い掛かった。

今まで使用していなかった水の魔法だ。生身で受ければ身体が引き裂かれてしまう。

だが、剣を構えているセインに、その攻撃は大した脅威ではなかった。《炎散弾》を防いだ時と同じように、剣の腹で魔法を受け止める。

――マーニの魔法は、もっと恐ろしかった。

自分よりも遥かに巧みに闇魔法を使いこなす、師匠のことを思い出す。

マーニの魔法は得体が知れない。闇森人である彼女の使用する魔法は、学生という枠に収まっていないからだ。だから彼女が初めて使ってみせる魔法は、避けることも防ぐことも叶わずに毎回くらってしまう。

それと比べれば――ロクサスの魔法は全て教科書通り。

日々、魔法について学んでいるセインにとっては、全てが許容範囲だった。

「おおおッ!!」

剣を構え、ロクサスへと接近する。

傲慢になったつもりはない。だが、ロクサスの底が見えたような気がした。

臆することなく立ち向かえば、ロクサスの魔法は対処できる。

「こ、このッ!!」

ロクサスが慌てて剣を振る。

「遅い!」

先に剣を閃かせたセインは、ロクサスの剣を弾いた。

大きな音と共に、ロクサスの剣が宙へ放り出される。

「《暗闇よ》《飲み尽くせ》――」

「ひっ⁉」

無防備になったロクサスへ、セインは掌を向けた。

ロクサスの怯えた声を無視して、セインは全力で魔法を叩き込む。

「――《暗黒球》ッ！」

漆黒の球体が、ロクサスに直撃した。

「ぐあああッ⁉」

悲鳴を上げてロクサスが吹き飛ぶ。

背中から地面に倒れたロクサスは、その後も後ろへ転がり、やがて俯せに倒れると同時に青白い結界が展開された。身代わりのペンダントが壊れたらしい。

『し、試合　終了ォォ――ッ‼』

実況の大きな声が、戦いの幕引きを告げる。

『勝者はセイン＝フォステス選手！　我々の予想を裏切った結果となりました！』

試合前はロクサスが優勢であるようなことを言っていた。

どうやら無事にその期待を裏切ることに成功したらしい。

『いやあ、熱い試合でしたね！　観客席からも物凄い興奮の声が聞こえます！』

『僕も思わず手に汗握りましたね……互いの実力が拮抗した、白熱した試合でした。両選手とも、お疲れ様です』

実況と解説が会話する中、セインは両膝に手をつき、肩で息をしていた。

汗がとめどなく流れる。試合中は極限まで集中していたため気づかなかったが、心身ともに限界まで疲弊していた。激しい鼓動が耳朶を打ち、周囲の歓声が殆ど聞こえない。気を抜けば意識を失い、倒れてしまいそうになる。

だが、大きな達成感があった。

『勝敗を分けた切っ掛けは、なんだったんでしょう？』

『切っ掛けという切っ掛けは、ないと思いますよ。互いの実力を剥き出しにした良い試合でしたからね。……強いて言うなら、純粋な実力差じゃないですか』

『実力差、ですか』

実況役の女子生徒が、どこか緊張した声音で相槌を打つ。

今回、セインは奇襲もしておらず、ロクサスや観客の度肝を抜くような搦め手を使ったわけでもない。真っ向勝負で勝ってみせた。その意味は大きい。

解説役の男子生徒は、セインを真っ直ぐ見据えながら考えを述べた。

『もう流石にこれは、認めるしかないでしょう。……セイン選手、本当にダークホースですよ。中等部の生徒たちは、この試合を見てセイン選手への印象が大きく変わったんじゃないでしょうか？　今までセイン選手は、見た目や言動から目立ってはいましたが、実力のある人物としては目立っていませんでしたからね』

『まあ悪目立ちはしていましたよね。しかし、今回の試合でその印象は変わったと』

『ええ。これからは良い意味でも目立ち始めると思います。……正直なところ、僕もセイン選手がここまで強いとは思っていませんでした。しかし先程の試合を思い出すと……いよいよ本格的に対策しないと勝てない選手かもしれません。三回戦以降でセイン選手とあたる可能性がある選手は、認識を改める必要があると思います』

未だ肩で息をするセインに、観客たちから拍手が届いた。

全身が疲労感で重たい中、勝利の実感を得る。

死ぬほど苦しかったが、どうにか勝つことができた。

これで、落ちこぼれから脱却できたと考えると――思わず目頭が熱くなる。

ふと頭の中を過ぎったのは、これまで仲良くしてくれた三人の少女たちだった。

メリア、アリシア、マーニ。彼女たちと出会えて本当に良かったと思う。彼女たちと切磋琢磨していなかったら、自分は間違いなくロクサスには勝てなかっただろう。

武闘祭の開催前にマーニが言っていたことを思い出す。「少なくとも私たちは、今のセインを弱いとは思わない」……その言葉を信じて良かった。

「くそ、が……ッ!!」

霞む視界の中、目の前で倒れていたロクサスが、ゆっくりと起き上がる。

その目は禍々しい憎悪に染まっていた。

「てめぇ……これで済むと、思うなよ……ッ!!」

眦鋭くロクサスがセインを睨む。

実況も解説も、観客も、皆がこの戦いを良い試合と評価しているが、最後の最後だけはあまり良くない結果だった。ロクサスはプライドを深く傷つけられたと見下していた相手に敗北してしまったのだ。衆目の前で、今まで落ちこぼれと考えているのだろう。

結局、セインとロクサスはわかり合うことなくその場を去る。

セインとしては、最後くらいお互い握手を交わして爽やかに終わらせたかったが、全てが順調とはいかなかった。

「セイン！」

会場を出て客席の方へ向かったセインへ、アリシアが呼びかける。

彼女は駆け足でセインのもとへやって来た。

「やったじゃない！　これでもう、誰もアンタのことを落ちこぼれなんて言わないわ！」

まるで自分のことのように喜ぶアリシアに、セインも顔を綻ばせる。

「ああ。本当に、これまでの努力が報われたかのような達成感だ」

「……実際、報われている」

アリシアの傍にいたマーニが、小さな声で肯定した。

「以前までのセインなら、ロクサスは明らかに格上の選手だった。その差を埋めたのは間違いなくセインの努力。……おめでとう。私も少し、嬉しい」

「ミス・グリム……いや、師匠……っ！」

普段、淡白なマーニに称賛されたことで、いつも以上の嬉しさが込み上げてくる。

感極まったセインは、マーニの隣にいるメリアへと視線を注ぐ。

「メイドよ。いよいよ貴様との試合が近づいてきたぞ」

「そーですねー。正直セイン様は、この試合で負けると思ってましたー」

「ふはは！　残念だったな！　今の俺は絶好調だ！　たとえメイドが相手だろうと、負ける気がまったくせんぞ！」

「ほぉー？　言いますねー？」

メリアが不敵な笑みを浮かべて言う。

そのどこか恐ろしい笑みに、セインは鼻白んだ。

「うっ……や、やっぱり、そこまで本調子ではないかもしれんな！　ははっ！」

「あとで謝るなら、最初から強がらなければいいのに……」

途端に萎縮するセインを、アリシアは呆れた目で見た。

「ただ、お互い次の試合が正念場な気がしますねー」

メリアが呟くように言った。

試合はまだ続く。先のことを考えると、勝利の余韻は消え去った。

「メリアの相手は生徒会長。セインの相手はユリアね。……流石に三回戦にもなると、見知った顔も多いわ」

生徒会長のカインが強いのは勿論のこと、エルディス兄妹の妹、ユリアも強敵だ。

初等部から学園に通っているアリシアにとって、武闘祭の上位陣はどれも見知った顔らしい。もしかすると中等部に転入したセインとメリアが、ここまで勝ち残っているというのはかなり珍しいことなのかもしれない。

「三回戦は明日だったか？」

「そうね。初日は二回戦の前半まで。二日目は、二回戦の後半と三回戦が行われるわ。最

「俺もメイドも、初日の試合はこれで終わりか。……中途半端な時間だな」

時刻は午後一時。祭りも活発になってきた頃だ。

武闘祭は終日試合をしているわけではない。選手たちも祭りを楽しめるように、試合は午前か午後に集中して行われる。一日目は午前中に殆どの試合が行われた。

「取り敢えず、お昼ご飯を食べない？　二人ともまだでしょ？　それに、セインも身体を休めたいでしょうし」

「そうだな。正直、一度どこかでゆっくりしたい」

試合は長くても十分程度だ。長時間、身体を動かしていたわけではないため疲労の回復は早い。しかし精神の疲労はもう少し時間をかけて回復したかった。

「休憩してからでいいけれど、もし余裕がありそうなら、軽くお店でも見て回りましょうよ。私とマーニで、面白そうなところも幾つか見つけたし」

「勿論だ。午後は存分に祭りを楽しむとしよう」

セインが頷く。

武闘祭は戦うばかりのイベントではない。アリシアだけでなく、セインも露店巡りを楽しみたいと思っていた。

今後の方針について話が纏まってきたところで、メリアが挙手して発言する。

「すみませんー……私は少しだけ、用事がありましてー……」

「え、そうなの？」

断りを入れるメリアに、アリシアが目を丸くする。

「すぐに済むので問題はないんですがー、あとで合流したいので、できれば集合場所を決めていただければ助かりますー……」

「ふむ。それなら、中等部校舎の中庭はどうだ？　メイドが用事を済ませている間に、俺たちが露店で昼食を買ってきてやろう。中庭で合流して食べればいい」

店内で食事ができる飲食店も幾つかあるが、露店のバリエーションも豊富だ。十分に楽しむことができるだろう。

メリアは頷き、アリシアとマーニも同意を示した。

「では、そーゆーことで私は席を外しますねー」

そう言ってメリアが踵を返す。

彼女が向かう先は、職員室や食堂がある本館だった。

「メリア、用事って言っていたけれど何のことかしら。……セインは知ってるの？」

離れていくメリアの背中を見つめながら、アリシアが訊く。

「いや、俺も知らないな」

「ふぅん。……セインとメリアって、一応、主従関係なわけでしょ？　あんまりお互いのプライベートには関与しない方針なの？」

「そういうわけではないが……」

　寧ろガンガン関与されている側である。

　ライトリッジ聖王国で過ごしていた頃は、衣食住の全てを握られていたと言っても過言ではない。メリアが用意した服を身に纏い、メリアが調理した食事を口にして、メリアと同じ屋敷で暮らしてきた。寝起きから就寝まで、ほぼ全てを彼女と共に過ごしていた。

　しかし、今は以前ほどの関わりはない。

　それは恐らく、お互いの境遇が変化したからだ。

「昔ならいざ知らず、今はメイドもこの学園の生徒だからな。確かにメイドは俺の従者だが、同時に俺と同じ学生という立場でもある。……これから、俺の知らないメイドのプライベートも増えていくんだろう」

　そう考えると感慨深いものがある。

　腕を組み、親が子を見守るような姿でセインはメリアの背中を見つめていた。

　しかしアリシアは、そんなセインに複雑な表情をする。

「セインって、あんまり独占欲はないのね。……いい意味でも、悪い意味でも」

「む？　いい意味は分かるが、悪い意味とはなんだ？」

「もう少し女心を勉強した方がいいわよ。ねえ、マーニ？」

「……そうね」

マーニも小さく頷いた。

二人が何を言っているのかサッパリ分からず、セインは首を傾げる。

「さ、メリアが戻って来る前に露店でお昼ご飯を買いましょう」

アリシアが率先して露店の方へと向かった。

武闘祭の試合も落ち着いた頃なのか、校庭で開かれている店にはどこも大勢の客が集まっていた。生徒たちも一般客も、それぞれ自由に祭りを楽しんでいる。

祭りを楽しむ人々の中には仮装している者もいた。武闘祭にちなんで、偽物の鎧や剣を装備している者もいる。一体どこでそのような道具を用意しているのかと疑問に思っていると、普通に露店で販売していた。

「……なんでもありの祭りだな」

「よく言われるわ」

セインの呟きに、アリシアが頷く。

祭りの楽しみ方は人それぞれだが、それでも客の迷惑になる行為は取り締まられる。武闘祭の白熱した試合に感化されたのか、時折大人同士の取っ組み合いや、子供同士の模造刀を用いた喧嘩も起きていた。そういう迷惑行為を取り締まるのは、主に学園の高等部の生徒たちだ。大人たちも、ジェニファ王立魔法学園の生徒が相手では分が悪いと考え、注意されると大抵、大人しく退散していた。

「そう言えばセイン、メリアの好物って何なの？」

左右に立ち並ぶ露店を見渡しながら、アリシアが訊く。

「メイドはああ見えて、渋いものが好きだぞ」

「渋いもの？」

「魚介類の燻製とかだな」

「……想像以上に渋いわね」

酒の肴である。あれを上品に、粛々と食べるのがメリアの趣味だ。

本人が公言しているわけではないが……多分、メリアにとっての至福の一時は、ああいった渋い食べ物を一人でのんびりと味わっている時だろう。

幸か不幸か、露店ではそういった燻製も売っていた。

メリアのためにも幾つか購入しておく。

「あーっ！」

その時、人垣の中にいた一人の子供が、セインを指さして叫んだ。

「暗黒馬鹿のお兄ちゃんだー！」

「ほんとだーっ！」

総勢、六人の子供が目を輝かせながらセインのもとへ走ってくる。

あっという間に子供たちに囲まれたセインは、困惑した。

「お、おぉ……おぉおぉ？」

「アンタ気づいてなかった？　さっきの試合、初等部の生徒に凄く応援されてたわよ」

全く気づいていなかった。

いや……実況役の女子生徒がセインのことを「暗黒馬鹿」と呼んだ時、やたらと子供たちの笑い声が聞こえていたような気がする。

「ふむ。この俺の素晴らしさが理解できるとは……見所のある子供たちだ」

少し嬉しくなったセインは、子供たちに優しい瞳を向けた。

「暗黒馬鹿だ！」

「すげぇ、なんだこの格好！」

「ばーか！　ばーか！」

「頭悪そう！」

後半は完全に悪口だった。

「おい。本当に俺は応援されていたのか？　馬鹿にされていただけじゃないのか？」

「まあ……そうかもしれないわね」

アリシアが引き攣った笑みで言う。

子供がセインの黒い外套をベタベタと触ってくる。外套の内側は絶対に触られないように、それとなく注意した。セインが身に纏っているこの外套は、女神の加護を強引に封じるための、少々危険なものである。外側に触れる分には問題ないが、内側に触れられると事故が起きかねない。

「暗黒馬鹿のお兄ちゃん！　この人たちはカノジョ⁉」

小さな女の子が、アリシアとマーニを指さしながらセインに訊く。

セインは特に狼狽えることなく答えた。

「いや、そういうわけではないぞ」

「えー！」

「つまんねー」

驚く子供や、退屈そうにする子供。

そんな盛り上がりを傍から見ていたアリシアとマーニは、やや不満気に唇を尖らせた。

「……淡々と否定されるのも、ムカつくわね」

「……全く動じていなかったわね」

二人の呟きが耳に届き、セインは難しい顔をする。

そんなこと言われても――じゃあ、どう反応すれば良かったのだろうか。

やがて、子供たちの興奮が落ち着いてきた頃、

「ねえねえ。どうしてお兄ちゃんは、暗黒馬鹿って呼ばれているの？」

一人の純朴そうな少年が、セインに訊いた。

少年の純真な眼差しを見て、セインは不敵な笑みを浮かべる。

「ふっ。それは俺が、闇を宿した者だからだ」

「闇を………？」

「そうだ。深淵よりも昏く、地獄よりも禍々しい闇をな……」

「昏く……禍々しい……（ゴクリ）」

少年は目を見開き、固唾を呑む。

「子供を変な道に引きずり込むな！」

「あ痛っ!?」

セインの脳天に、アリシアの拳骨が落ちた。

「駄目よ！　あんな変な奴の話を聞いちゃ！」

「ええ……頭が悪くなるわ」

二人は慌てた様子で少年に忠告した。

「今、本当に悪くなりかけたぞ……」

セインは頭を押さえながら呻く。

「まったく。早くご飯を買わないと、メリアが待ちくたびれちゃうわよ」

アリシアが溜息混じりに言った。

「アリシア……そう言えば、飲み物はどうする？」

「あー、考えていなかったわね。まあでも飲み物くらいなら、学園の購買でもいいんじゃない？　どうせお昼ご飯を食べた後に、また散策する予定だし」

「……それもそうね」

アリシアとマーニが会話する。

その間に、セインと少年は再び向き合っていた。

「お兄ちゃん。僕の中にも……闇って、あるのかな？」

「ああ。闇は誰もが持っているものだ。しかし、それを使いこなせる者はごく一部。深淵

の果てにいる、闇の王に選ばれし者だけだ……」

「闇の王……！」

「もし、己の闇に飲み込まれそうになったら、俺のもとへ来い。その時はこの右腕の封印を解き、貴様に真の姿を見せてやろう。我が力は、あらゆる闇を導く王の器……貴様の闇如き、容易く御してみせる」

「右腕の封印……王の、器……!!」

「だからやめなさいッ！」

再びセインの脳天にアリシアの拳骨が落ちた。


セインたちが露店を回っている間、メリアは本館へと足を運んでいた。

武闘祭の開催中は、校舎も一般客に開放されている。校舎一階の廊下には、ジェニファ王立魔法学園のパンフレットが沢山並べられていた。相談所や案内所も設置されている。

メイド服が珍しいのか、メリアはしばしば奇異の目で見られながら歩いた。

いつもより人影の多い本館だが、その裏手に回ると人気も減る。

メリアは息を潜め、忍び足で本館の裏にある物置へと向かった。

「ふざけ……、あの落ち……」

「まあ……、ロクサ……」

日の当たらない物陰から、生徒たちの小さな声が聞こえる。

メリアは立ち止まり、聞こえてくる声に耳を澄ました。

「とにかく、あの落ちこぼれ……このままじゃ絶対に済ませねぇぞ。痛め付けてやる」

声の主は、二回戦でセインと戦った男子ロクサスだった。

その周りには取り巻きも数人いる。

セインとロクサスの試合が終わった後、メリアはロクサスが尋常ではない目つきをしていることに気づいた。そのため、ロクサスの抱える憎悪が暴走する可能性を考慮し、密かに動向を探っていたのだ。

当代の聖騎士、セインは――純粋な人間だ。

聖騎士として活動していた頃は、その寛容な性格ゆえに様々な人に頼られ、崇拝されていた。だがその一方で、その純粋さが災いし、悪人に利用されそうになったこともある。

そういった事態から主を守るのも、メリアの役目だった。

ロクサスが人気の少ない校舎裏へ向かった辺りで怪しいと判断し、セインたちといったん分かれて追跡したが……案の定、良からぬことを考えているようだ。

「でもよ、ロクサス。痛め付けるって言ってもどうするんだよ？」

「やり方はなんでもいい。……なるべく早くやるぞ。明日になったら面倒だ」

怒気を孕んだ声音でロクサスは言う。

同時に、ガチャガチャとした金属の擦れ合う音が聞こえた。

「幸い、武器は沢山あるからな」

「お、おいロクサス、こんなもんどこから持ってきたんだよ?」

「試合用に貸し出されている武器だ。倉庫から幾らか持ってきてやった」

ロクサスが言うと、取り巻きたちが武器の確認を始めた。

「適当な場所に呼び出して、袋だたきにするのはどうだ?」

「それがいいな。……場所はここにしよう」

取り巻きの意見を、ロクサスは採用した。

「魔法を使うと目立つ。武器を使って痛め付けるぞ」

「ああ。……へっ、これであの馬鹿も反省するといいな」

「身の程知らずの落ちこぼれには、罰を与えないとな」

行動力だけはある悪漢たちだ。

このまま放置すれば、ロクサスたちはすぐにでもセインのもとへ向かうだろう。

意を決し、メリアは一歩を踏み出した。

「悪巧みをしているところ、申し訳ございませんがー……そーゆーことは、やめてもらってもいいですかねー？」

突然現れたメリアに、ロクサスたちは目を見開いて驚いた。

数は三人。ロクサス本人と、二人の取り巻きだ。……先週、セインが武闘祭へエントリーする際に邪魔をしてきた三人組である。

「てめぇ……あの落ちこぼれのメイドか⁉」

ロクサスが腹を立てた様子で叫んだ。

「お、おい、どうするロクサス？」

「この女、確か相当強かったような……」

二人の取り巻きが慌て始める。

しかしロクサスは怯えることなく、傍にあった剣を手に取った。

「慌てんな！　俺たちは三人いる……負けるわけがねぇ！」

ロクサスの言葉に二人の取り巻きも恐怖を忘れ、それぞれ武器を手に取った。

「面倒ですねー……」

できれば穏便に済ませたかったが、目の前の光景を見る限り、難しいだろう。

スッと目を細めたメリアは、三人の動きを観察した。

「囲め！　下手に近づくなよ！」

二人の取り巻きがロクサスの指示に従い、それぞれ左右からメリアを挟み込むような位置へ移動する。ロクサスたちは三方向に分かれてメリアを包囲した。

「卑怯な真似をしますねー」

「はっ！　こうなっちまった以上、お前もただで済むと思うなよ！」

目立つことを避けてか、ロクサスは魔法ではなく武器で勝負を挑んできた。

しかし、ロクサスの動きは先程のセインとの試合である程度、見切っている。メリアは軽々とロクサスの剣を避け、そのまま足払いをして体勢を崩した。

「ぐあっ⁉」

悲鳴を上げてロクサスが尻餅をつく。

同時に、二人の取り巻きがロクサスを助けるべくメリアへ襲い掛かった。

だが、それよりも早くメリアが魔法を発動する。

「《永久に彷徨え》《玻璃に潜む小人たちよ》――《霧幻の幕》」

白い霧が、辺り一帯を包んだ。

「な、なんだこれは……⁉」

「霧っ⁉」

メリアが得意とする、火属性と水属性の複合魔法だ。

複合魔法は五行の系譜の中でも、一部の者にしか使えない。三人は誰もこの魔法を知らなかったのだろう。霧の中で、ただただ混乱している。

「ぐえっ⁉」

傍にいた人影の首筋へ手刀を叩き落とす。

取り巻きが一人、気絶した。

「ぎゃっ⁉」

反対側にいるもう一人の取り巻きも、同じ方法で気絶させた。

風が吹き抜け、霧が晴れる。

「ち、ちくしょう――っ⁉」

あっという間に倒れた二人の取り巻きを見て、ロクサスは焦燥に駆られた様子で走り去った。脇目も振らずにメリアから逃げている。

「逃がしませんよー？」

下手したらロクサスは、このまま後先考えずにセインを攻撃するかもしれない。セインに使える身としては、なんとしてもそれは阻止せねばならなかった。

ロクサスが地面の凹凸に躓き、体勢を崩す。

その隙に、メリアは距離を縮めようとしたが――。

「が――ッ⁉」

メリアの目の前で、ロクサスが光の球に撃ち抜かれた。

一瞬の輝きと共にロクサスは吹き飛び、後方の壁に背中から叩き付けられる。

やがて地面に倒れたロクサスは、気を失ったのかピクリとも動かなくなった。

「ええとー……」

唐突な出来事にメリアは狼狽しつつ、目の前に現れた人物へ声をかける。

「感謝した方が、よろしいでしょうかー？」

メリアの前には、獅子の如き鋭い眼光を宿した、カイン＝テレジアが立っていた。

「不要だ。……先程、武闘祭の運営から生徒会に、無断で武器が持ち出されているという連絡があったのでな。俺はその犯人を取り締まったに過ぎない」

そう言って、カインはメリアの方を見る。

「確か、メリアと言ったか。……次の対戦相手だな」

「覚えていただき光栄ですー」

メリアは内心で驚いた。誰よりも強く、誰よりも堂々としているこの男が、一介の学生である自分を知っているなんて思ってもいなかった。たとえ次の対戦相手だとしても驚きである。もしかすると、主君であるセインの影響かもしれない。

「少し前から見ていたが、随分と学生離れした実力だな」

「……それを貴方が言いますかー？」

「俺の強さには事情がある」

含みのある回答を、カインは述べた。

詮索しても答えてはくれないだろう。そういう空気を醸し出している。

「お前は強い。……だからこそ理解できん。何故、お前のような人間が、セイン＝フォステス一人にそこまで執着する。単なる従者とは思えん忠誠だ」

「……まあ、貴方と同じで、私にも事情があるんですよー」

先程のカインと同じように、メリアも曖昧に濁して答えた。

するとカインは、鋭い目つきでメリアを睨む。

「やはり――あの男が、聖騎士だからか？」

その問いに、メリアは全く表情を崩さなかった。

驚愕はしている。しかしここ最近のカインの態度から、メリアは心のどこかでこの展開を予想していた。だから、動揺を辛うじて押し殺すことができた。

「なんのことでしょうかー？」

「誤魔化す必要はない。……あの男が身に着けている悪趣味なアクセサリ、あれらは全て光の封印具だろう？　形状が独特で分かりにくいが、細部の造りが一般の販路に出ている封印具と一致していた。……封印具と悟られないよう特注品にしたのだろうが、あれでは詰めが甘いと言わざるを得ないな」

カインの指摘に、メリアは若干、複雑な顔をした。

セインの封印具が特注品である理由は、確かに封印具であることを悟られないようにするためでもあるが、それとは別に単純なセインの好みでもある。でなければ、あんな悪趣味にゴテゴテした見た目を注文する筈がない。

カインの瞳は確信に満ちていた。封印具の件も含め、セインが聖騎士であるという事実を様々な情報から導いているのだろう。

誤魔化しは無用と判断し、メリアは溜息を吐いた。

「……わざわざ調べたんですねー、ご苦労様ですー」

「これでも生徒会長だ。不審な生徒を調べるのは当然だろう」

微かに笑みを浮かべてカインは言う。

しかし次の瞬間、カインは真剣な面持ちでメリアに問いを繰り出した。

「ひとつ訊きたい。あの男は本当に暗黒騎士を目指しているのか？」

「そうですねー、本当だと思いますよー」

「やはりか。……ちっ、馬鹿馬鹿しい」

カインは舌打ちして言う。

「聖騎士でありながら暗黒騎士を目指すなど……呆れてものも言えん。まるで有り余った金を散財する、愚かな放蕩貴族のようだ。道楽が過ぎる」

忌々しげにカインは呟く。

その様を、メリアは無言で——僅かに不機嫌そうな顔で見ていた。

「気に入らないとでも言いたげな顔だな」

「……主君を馬鹿にされて、喜ぶ従者がいるとでもー？」

「不快な思いをさせてしまったなら謝罪しよう。だが事実だ」

カインは断言した。上辺だけの謝罪で、反省する気は全くないのだろう。

メリアの胸中に、普段なら抱くことのない怒りの感情が湧いた。

セインは暗黒騎士になる目的をあまり吹聴していない。恐らくカインもこればかりは知らない筈だ。だから、カインの怒りは決して理不尽ではない。セインが聖騎士だと知っており、尚且つ暗黒騎士を目指すことも知っているなら、大抵が同じ反応を示すだろう。

しかし——それでも腹が立った。

メリアはここ最近の、セインの姿を思い出す。

元々セインは目的に向かって愚直に努力する性分だが、その努力の質と量は、一般人からすれば尋常ではなかった。ジェニファ王立魔法学園の生徒ですら、セインほど努力している人間はいないだろう。

その努力の成果が、今、ようやく現れ始めている。

セインの努力は道楽ではない。カイン＝テレジアがどれだけ強い人間だろうと、そう簡単にセインを馬鹿にするのは気に入らなかった。

「……ひとつ、忠告しておきましょー」

胸中の怒りを表に出さないよう、メリアは硬い声音で告げる。

「明日の三回戦ですがー……私には勝算があります。ですからー……くれぐれも、油断はしないでくださいねー」

その一言に、カインは目を丸くする。

しかし、やがて小さく息を吐き、

「くだらん」

カインはどこか冷めた目つきで言った。

「お前は強い。だが……俺には勝てん」

# 第二章　束の間の休息

一通り露店で食べ物を買った後、セインたちは予定通り中等部校舎の中庭に向かった。

時刻は午後一時半。微妙に昼食の時間帯から外れているからか、学園がある日の昼休みはいつも混んでいる中庭も、今は程よく空いている。

「お待たせしましたー」

セインたちが中庭のベンチに座って待っていると、メリアがやって来た。

「メイドよ、用事は済んだのか？」

「はいー、滞りなくー」

小さく頭を下げてメリアは言う。

何をしていたのか、気にならないわけではないが……報告するべき事柄なら自分から話題にする筈だ。セインはメリアのことを信じて問い質すような真似はしなかった。

「よーし、それじゃあパパッと食べちゃって、遊びに行きましょう！」

そう言ってアリシアが露店で買った食べ物を取り出した。

「あ、メリア。アンタの好物も買ってきたわよ」

取り出されたのは、透明なパックに入れられた魚介類の燻製だった。

武闘祭の露店では酒が飲めるスペースも大量に用意されており、燻製はそういった店で購入することができた。

しかしメリアはそれを見て、顔を引き攣らせる。

「こ、これはー……」

「あれ？　好きじゃなかった？　セインからメリアの好物を聞いたんだけど……」

「いや、まあ、その……好きですがー……」

複雑な表情でメリアはパックを受け取った。

それから、こっそりと隣に座るセインへ耳打ちする。

「あのー、セイン様ー。できれば今後、私の好物についてあまり吹聴しないでもらってもいいですかー？　その……こういうものを好物にしているのって、やっぱり、珍しいみたいですからー……少し気になると言いますかー……」

「今更、恥ずかしがる仲でもないだろう。こういうのは隠すだけ損だぞ？」

「それはそうかもしれませんがー……他の方には言わないでくださいよー？　セイン様と違って、私は恥を掻くことに慣れてないんですー」

「俺も慣れてないわ！」

こっちだって好きで恥を掻いているわけではない。

突っ込むセインに、メリアは「やれやれ」と言わんばかりに肩を竦めて昼食をとり始めた。小さな唇を動かして、のんびりと燻製を咀嚼する。

「……少し、冷めてしまったわね」

焼きそばを食べていたマーニが呟く。

それを聞いて、アリシアがマーニの方へ手を伸ばした。

「マーニ、ちょっとそれ貸してみて」

何をするのか分からず、マーニは首を傾げながらアリシアへ焼きそばを渡す。

焼きそばを受け取ったアリシアは、それを膝の上に載せ、

「ほっ」

小さな掛け声を共に、白い炎で焼きそばを包んだ。

呆然とするセインたちを他所に、アリシアは焼きそばをマーニへ返す。

「どうぞ、マーニ」

「…………適温」

受け取ったマーニが、真顔でポツリと言った。

沈黙するセインとメリアに、アリシアは自慢気な顔で説明した。

「どう？　燃やす対象を選択できる、聖炎ならではの方法よ。普通の火属性の魔法だとこうはいかないわ」

「いや、確かに凄いんだが……聖炎を、食べ物を温めるために使うなど、色んな意味で衝撃的だ」

多分、未だかつて聖炎をそのように使った者など他にいないだろう。

元々アリシアの聖炎は、不浄なるものを浄化するための炎だ。その気になれば、人が触れても燃えることのない、温かいだけの炎を出すことができる。

「……俺も頼んでいいか？」

「任せなさい」

アリシアがセインの食べ物も温める。

出会った頃と比べて、随分と丸くなったなぁ――しみじみと、セインは思った。

昼食を終えた後、セインたちは予定通り校内を一通り回ることにした。

普段はただ広いだけの校庭も、今は所狭しと店が開かれているため窮屈に感じる。雑踏に紛れ、時折はぐれてしまいそうになりながらも、セインたちは露店を見て回った。

「しかし、普段はあまり見慣れない店もあって面白いな」

「そうねぇ。色んな店がここまで一箇所に集まる光景って中々ないし、店側もここでリピーターを作りたいから、いつも以上にサービスが充実しているみたいね」

試食コーナーや割引サービスなどが、色んな店で実施されている。

適度に楽しみながら、セインたちは辺りを散策した。

「あそこにセインが好きそうなアクセサリが売ってるわよ」

「どれどれ……ほぉう！　良い趣味をしているではないか！」

アリシアの指さす方向を見て、セインは楽しそうに目を輝かせた。

早足でセインが向かう先には、怪しげな黒い露店があった。店には銀色のゴテゴテとしたアクセサリが並べられており、どこか異様な空気を醸し出している。

客は全くおらず、通行人も遠巻きに眺めているだけだった。

セインはその店の異様な空気に負けることなく――寧ろ馴染みながら、アクセサリを吟味した。棘だらけの危ないものもあれば、十字架や骸骨を象ったものなど、アクセサリの種類は豊富である。傍から見ているアリシアたちは、どうしてもその魅力を理解できなかったが、セインは実に楽しそうだった。

「店主よ、これをくれ！」

「ああ。……ほぅ、お前も中々いい趣味してんじゃねぇか」

「分かるか、店主よ」

「当然だ。同志よ」

セインと店主が、不敵な笑みを浮かべながら握手した。

「……世の中には、色んな人がいるのね」

「……そうね」

アリシアの呟きにマーニが同意する。

暫くの間、セインは店主と互いのアクセサリの造形を見せ合い、怪しい笑みを浮かべ合っていた。流石にあの中には混ざれそうにないと考え、女性陣は待機する。

やがてセインが戻ってきた頃、一同は再び歩き出した。

「服も売っているんですねー」

「そうみたいね。……へぇ、可愛いのも多いわね」

メリアの視線の先には小さなブティックがあった。この辺りは服を販売している店が多い。ちゃんとした建物で売っているところもあれば、露店で売っているところもある。服の質は前者の方が良いが、安いのは後者だった。

「ねえメリア。ふと思ったんだけど、アンタってメイド服以外は着ないの？」

「そうですねー……まあ、機会があれば着ますけどー……」

僅かにメリアは言い淀む。

それが本心からの言葉ではないと判断したアリシアは、セインの方を見た。

「メリアはこう言ってるけど……実際のところどうなの、セイン？」

「うむ、その……着てないな。なにせその機会とやらがない」

セインが言いにくそうに答えると、アリシアは溜息を零した。

「アンタねぇ。メリアも年頃の女の子よ？　いくら従者とは言え、もう少しこう、気を遣ってあげてもいいんじゃないの？　偶には休日を与えるとかさぁ」

「いや、与えている！　十分与えているのだ！　休日が欲しければいつでも取ってくれて構わないと、前々から言っている！　しかしメイドは自主的には休まないし、体調を崩すこともないし……無理矢理与えた休日も結局、いつも通り俺の傍で働くのだ」

その光景が想像できたのか、アリシアは沈黙した。

二人の会話を聞いて、メリアが弁明する。

「別に私も、休日がいらないわけではないのですがー……セイン様が私の目の届かないところにいると、不安で休日どころじゃないですからねー」

「あぁ……それは、確かにそうかもしれないわね」

何やら失礼なことを考えているらしいアリシアに、セインは顔を顰めた。

「メリア。折角だから、メイド服以外の格好に着替えてみない？」

アリシアが言う。

唐突な提案に、メリアは目を丸くした。

「しかし、アリシア様とマーニ様は制服ですし、私だけ着替えるというのもー……」

「メイド服の時点である程度は目立っているんだから、今更でしょう。それにセインなんてコスプレみたいなもんだし」

セインが身に纏っている黒い外套はコスプレではない。これは聖騎士の力を抑えるための大切な装備である。……そう説明しようとしたが、この真っ黒で動きにくいデザインに関しては自分で注文したものであるため、文句を言えないことに気づいた。

「ですがー……従者としてセイン様の傍にいる以上、私はこの格好でいた方がー……」

「じゃあセインに許可を取りましょう。……いいわね、セイン？」

「勿論だ。俺もメイドには羽を伸ばしてもらいたい」

主君のことを優先しているのであれば、その主君からの許可があればいい。

即答してみせたセインに、メリアは珍しく困ったような顔を見せた。

やがて、言いにくそうにメリアは質問する。

「セイン様は、見たいんですかー？　そのー……私の、メイド服以外の姿をー」

視線を逸らし、もじもじと尋ねるメリア。

セインはそんな彼女に首を傾げつつも、頷いた。

「そうだな。偶には他の姿も見てみたい」

「……分かりました。それなら、着替えさせていただきますー」

そう言ってメリアは、目の前にあるブティックへと入っていった。

「マーニはどう？　私、マーニの私服姿もあまり見たことないんだけど」

「……私はいい。どうせ頭を隠さなくちゃいけないから」

「それもそうね。……じゃあまた、次の機会にしましょうか」

闇森人であるマーニは人一倍、見た目に気をつけなければならない。注目されることを得意としないマーニのためにも、武闘祭の間は目立たない外見の方がいいだろう。

「さあ、それじゃあメリアの服を選ぶわよ！」

やる気を漲らせるアリシアが、マーニと共にメリアの入ったブティックへ向かった。

「セイン！　アンタも来て！」

「う、うむ」

女性服専門店に入るのは少々躊躇われたが、セインは意を決し、足を踏み出す。

　アリシアはブティックに入るなり、メリアに似合いそうな服を片っ端から選んだ。マーニも内心、衣服類には興味があったのか、いつもよりほんの少しだけ柔らかい顔つきで飾られているマネキンなどを眺めている。

　これは長引きそうだな……セインは心の中で呟いた。

「メリアには、こういう清楚なものが合いそうよね。……でも、それだとメイド服とあまり印象が変わらないし、ちょっと過激なやつに挑戦してみるのも……」

「あのー……もう少し、露出度は控えめなものにした方がー」

「まあまあ、細かいことは試着してから考えればいいのよ」

　困惑するメリアを適度に宥めつつ、アリシアはどんどんと服を選んでいく。

　冷静に考えれば、三人の中で最も女子力に長けているのはアリシアかもしれない。メリアは幼い頃からセインにメイドとして仕えており、あまり少女らしい趣味を楽しむ暇がなかったし、マーニは人間関係が排他的であるため同世代の流行などに疎い。

　やがてアリシアはメリアを試着室まで案内し、幾つかの服を手渡した。

　試着室のカーテンが閉じ、中から衣擦れの音が聞こえる。

　一分ほど待っていると、試着室のカーテンが開き、メリアが現れた。

「ええとー……一応、着替えてみましたがー……」

カーテンの向こうから現れたメリアは、淡い水色の衣服を着こなしていた。

白いスカートの裾はひらひらとしており、丈は膝より僅かに上だ。普段のメイド服と違って、その服は生地が薄く、体型が多少透けて見えていた。そのためか、いつもと比べて華奢で儚げな印象を受ける。

フリル付きのカチューシャも今は外しており、服装の主張がメイド服と比べて控えめだからか、メリア自身の魅力が前面に出ている気がした。

「似合ってる！　すっごく可愛いわ！」

「ええ……いつもより柔らかい印象を受けるわ」

メリアの唇がもぞもぞと動く。何を言ったらいいのか良く分からないのだろう。困惑はしているが、嫌がっている態度ではない。

「ほら、セイン。アンタも何か言うことがあるんじゃないの？」

アリシアがセインの背中を押して、メリアに向き合わせた。

視線を左右させ、もじもじと落ち着きのない様子だったメリアが、セインを前にして硬直した。いつもは毅然とした態度のメリアだが、今は硬い表情で……微かに不安そうな顔でセインの答えを待っている。

セインは腕を組み、頭の天辺から足の爪先まで、メリアの姿を観察した。

「うむ、似合っているぞ」

満足気にセインは頷く。

そう述べるセインに、アリシアとマーニは難しい顔をした。

「……これ、いい反応なのかしら？　なんだかお世辞に聞こえなくもないけど」

「……セインのことだから、嘘は言ってないと思うけれど。どんな格好をしても同じことを言いそうね」

アリシアとマーニが、セインに聞こえないよう小声で会話する。

やがて二人は、メリアに他の服も手渡した。

「メリア、一応他の服も着てみましょう」

「えぇー……私は別に、これでも構わないんですがー……」

「まあまあ、そう言わずに」

アリシアに押し切られて、メリアは再び着替えることになった。

一分後、メリアが新たな服装で出てきた。

白いTシャツの上に、丈が長い上品な赤茶色の上着を纏ったメリアが現れた。下はミニスカートと黒いタイツをはいている。

先程と比べて落ち着いた雰囲気だ。いつもよりメリアが大人らしく見える。

「セイン、これはどう⁉」

手応えを感じたのか、アリシアがセインに向かって訊く。

「うむ、似合っているぞ」

腕を組んで、セインは満足気に頷く。

しかしその反応に納得しなかったアリシアは、再びメリアを試着室に戻した。

一分後、メリアが新たな服装で出てくる。

白を基調としたストライプのトップスに、緑色のギャザースカートをはいたメリアが現れた。先程と比べてより品のある見た目になった気がする。

メリアも今までこのような服を着たことがなかったのか、スカートの裾を持ち上げたり揺らしたりしていた。

「セイン、これはどう⁉」

「うむ、似合っているぞ」

セインは満足気に頷いた。

しかし、アリシアはまたしてもその反応が気に入らなかったようで、メリアを試着室へ戻す。カーテンが閉じ、メリアの着替えが始まった。

一分後、メリアが新たな服装で出てくる。

袖の方がゆったりとした白い長袖のシャツの上に、丈の短い青色のサロペットスカートをはいたメリアが現れた。

いつものきっちりとした印象が薄れ、休日の、遊びに出かけている少女らしい服装だ。

普段とのギャップに加え、恥ずかしそうに頬を赤らめたメリアの表情も相まって、セインの心の中にある何かが揺れ動いた。

「セイン、これはどう⁉」

「ぉ、うむぅ……とても、似合っているぞ」

腕を組んでセインは頷いた。しかし緊張で言い淀む。

「よし、これね」

「……反応、分かりやすすぎ」

アリシアの判断により、メリアはこの服を購入することとなった。マーニが呆れた視線をセインに注ぐ。

お世辞を言っているつもりはなく、セインはどの服もメリアには似合っていると思っていた。ただ、一際似合っている姿を目の当たりにして驚いてしまっただけだ。

「あまり、落ち着きませんねー……」

メイド服は畳んで袋に入れてもらい、メリアは購入した新しい服のまま、武闘祭の店を回ることにした。スカートの丈がいつもより短いため、メリアはそわそわと、露出している自分の膝に視線を送った。

「そのー……本当に、似合っていますかー？」

メリアが不安気にセインへ訊く。

セインははっきりと頷いて答えた。

「うむ。……これからはメイドも、偶にはそういう格好をしてみればどうだ。学園の放課後や休日など、機会はいくらでもあるだろう」

「……そーですねー。考えておきますー」

顔を伏せながらメリアは言う。その横顔は、嬉しそうに微笑んでいた。

「しかし、ナンパでもされそうな空気だな」

周囲を見回して、セインが言った。

通行人たちは皆、メリアを見て頬を赤らめている。

元々、メリアは大人びた空気を持った少女だ。中等部の生徒とは思われていないのかもしれない。

「大丈夫よ。うちの学園の生徒をナンパするような奴、王都にはそういない筈だから」

「……言われてみれば、そうか」

アリシアの言葉にセインは納得した。

ジェニファ王立魔法学園の生徒は、実力の高さで有名である。下手にナンパしようものなら返り討ちにされてしまう。

「……大体、アリシアが原因だけど」

「？　ミス・グリム、それはどういうことだ？」

マーニの呟きに、セインは首を傾げた。

「……この前、アリシアが王都でナンパされた時、相手を思いっきり引っぱたいて少し有名な事件になった。以来、この学園の生徒に対するナンパは激減した」

「ちょっと、マーニ……それは言わない約束でしょ」

アリシアは気まずそうな顔で言った。

「そ、そんなことがあったのか」

「ええ。……ちなみに、相手の男は全治二週間」

「うわぁ」

その時の光景が、ありありと目に浮かぶ。

相手の男性に同情を覚えた。

「ミス・ゴールドは、時折、暴力に頼るところがあるからなぁ……」

そう言って、セインは頭にできたたんこぶを撫(な)でる。

先程も子供に闇(やみ)の魅力を語っていると、拳骨(げんこつ)を落とされた。

「ふんっ、暴力を振るわれる方が悪いのよ。あの時のナンパだって、尋常(じんじょう)じゃないくらいしつこかったんだから。軽く引っぱたいてやっただけよ」

「軽く……？」

マーニが怪訝(けげん)な目でアリシアを見た。

「というか、ミス・ゴールドは……その、ナンパされるんだな」

セインが小さく呟いた。

それを聞いたアリシアは、ニヤリと人の悪い笑みを浮かべる。

「まあね。これでも私、モテるから。……なに？　気になるの、セイン？」

「いや、納得している。ミス・ゴールドは容姿端麗(ようしたんれい)だからな」

「…………へ、平然と、言うわね」

アリシアはセインから視線を逸らし、「ふへへ」と弛(たる)んだ笑みを浮かべた。

よほど嬉しかったのか、頬だけでなく耳まで真っ赤に染まっている。

厳密には、黙っていれば容姿端麗なのだが……皆まで言う必要はないとセインは判断した。彼女とは入学式からの付き合いだ。沸点(ふってん)を理解しつつある。

「あの、失礼します！　武闘祭に出場するセイン選手でしょうか⁉」

その時。セインは唐突に、横合いから声をかけられた。

そこには中等部の制服を着た、見知らぬ少女がいる。青い髪をポニーテールにしたその少女は、どこか楽しそうにセインをまじまじと見つめていた。

「そうだが……」

「私、新聞部に所属している中等部一年のサーシャと申します！」

明るい声音でサーシャは自己紹介をする。

学園には幾つか部活があり、その中に新聞部があることはセインたちも知っていた。偶に廊下の掲示板に、部員たちが作成したらしい新聞が張り出されている。

「ただ今、新聞部では三回戦へ勝ち進んだ選手たちへ取材を行っておりまして、よろしければほんの少しだけお時間をいただけないでしょうか？」

どうやら取材の申し込みらしい。

サーシャの提案に、セインは他三人の顔を見る。

「まあ、少しくらいならいいんじゃない？」

「そうだな。……うむ、構わんぞ」

アリシアに続き、メリア、マーニも問題なさそうであるため、セインは頷いた。

「ありがとうございます！　……って、おや？」

　深々と礼をしたサーシャは、セインの隣にいるメリアを見る。

「こちらは……いつもの格好とは違いますが、メリア選手ですか？」

「そうですー」

「おぉ、やはりそうでしたか！　いやぁー、その姿もとても可愛らしいですね！　流石は中等部のマドンナ四天王です！」

「……マドンナ四天王、ですかー？」

　聞き覚えのない単語に、メリアは首を傾げた。

「中等部の男子たちが勝手にランク付けした、上位四人の美少女たちのことですよ。一年生は二人入っていまして、そのうちの一人がメリア選手です。もう一人はエルディス子爵家のユリア選手ですね」

　セインたちは誰も四天王の存在を知らなかったのか、四人揃って「ほぉー」と曖昧に相槌を打った。メリアもユリアも整った目鼻立ちだ。選出されるのは妥当だろう。

「ちなみにアリシアさんも四天王の候補でしたが、学園の男子たちが『彼女はどちらかと言えばマドンナではなく魔王だ』と主張して――」

「なんですってぇ!?」

「あぁっ⁉　痛いっ⁉　そういうとこです！　そういうとこですっ‼」

アリシアがサーシャの顔面を鷲掴みにする。

セインたちは慌ててアリシアの蛮行を止めた。

「まったく、顔が潰れるところでしたよ」

「私は乙女心が潰されたわよ」

「……？　乙女……？」

「私を魔王にしたのはアンタよ？」

アリシアがサーシャを仕留めにかかる。セインたちは再び彼女を宥めた。

どうやらこのサーシャという少女、余計なことを口にしてしまう性分らしい。

「ていうか、学園の男子がそう言ったってことは………セイィィィン？」

「ひっ⁉」

アリシアの怒りの矛先が、セインへと向く。

「ま、待て！　俺はそんなもの知らん！　今、初めて聞いたのだ！」

「往生際が悪いわよ。その面、ちょっと貸しなさい？」

貸したら戻ってこない気がした。

近づいてくるアリシアに、セインは後退る。

「セイン選手はいつも通りハブられていましたから、信頼してもいいと思いますよ?」

「そ、そうなの? ならまあ、信じてあげなくもないけど……」

「……嫌な信頼だな」

サーシャによって無実が証明されたセインだが、その認められ方はあまり好ましいとは思えなかった。

「でもアリシアさんが魔王と呼ばれている原因は、よくセイン選手に暴力を振るっている場面を見るから、といった意見が多数あります」

「やっぱりアンタのせいじゃない!」

「俺のせいではないだろう!」

明らかな責任転嫁にセインは憤った。

偶にセインが悪い時もある。

「ではセイン選手と、メリア選手に取材をさせていただきますね! まずは簡単な自己紹介をお願いします!」

気を取り直して、サーシャが取材を開始した。

セインもモヤモヤとした気分をいったん忘れ、背筋を伸ばして答えた。

「中等部一年のセイン=フォステスだ。暗黒騎士を目指している」

「同じく中等部一年のメリアですー。こちらにいる暗黒馬鹿の従者ですねー」

「暗黒馬鹿言うな」

真顔でセインが突っ込む。

「それぞれ自己紹介をありがとうございます。では次の質問です。暗黒馬鹿選手は――失礼しました。セイン選手は――」

「おい、今なんと言った？」

「セイン選手は、普段どのように学園でお過ごしでしょうか？」

「……貴様、中々ふてぶてしいな」

背後からアリシアとマーニの笑い声が聞こえる。

セインは拳を握り締め、怒りを発散した。

「まあいい。……先程、言った通り、俺は暗黒騎士を目指している。だから空き時間は主に闇魔法の習得にあてているつもりだ」

「ほう、闇魔法の習得ですか」

「うむ。授業の合間は闇魔法に関する教本を読んでいる。放課後になると、図書塔で他の本を探すか、演習場で実戦練習をするかのどちらかだな。休日も同じ感じだ。……ちなみに、そこにいるミス・グリムが俺の師匠となる」

セインの視線に釣(つ)られて、サーシャはマーニの方を見た。

人見知りのマーニは、外套(がいとう)の裾を引っ張って頭を隠す。

「図書塔の主、マーニさんですね。……成(な)る程、闇森人(ダークエルフ)の彼女に師事していると。今、学生たちの間ではセイン選手が急激に強くなったと噂(うわさ)ですが、もしやその理由が、彼女に弟子(でし)入りしたからなんでしょうか？」

「その通りだ。ミス・グリムには校外学習の時も世話になった。……彼女がいなければ俺はここまで成長できなかっただろう」

話を聞いていたマーニは、照(て)れ隠しをするかのように顔を背(そむ)けた。

サーシャは「成る程、成る程」と頷きながら、セインの回答をメモする。

「メリア選手は、どのように学園で過ごしているんですか？」

「私はセイン様の従者ですからー……大体、同じ場所で過ごしていますねー。セイン様のお手伝いをすることもあれば、隣で違うことをしている時もありますー」

「休日も一緒(いっしょ)に過ごしているんですか？」

「そーですねー。従者ですからー」

粛々(しゅくしゅく)とメリアは頷く。

「成る程。……二人は評判通り、非常に親密な関係のようですね」

「そうか？」

「そうですかー？」

首を傾げるセインとメリアに、サーシャは「自覚なしですか」と苦笑した。

「ジェニファ王立魔法学園には貴族の生徒もいますから、メリア選手のような従者も偶にいます。しかし、公私ともに過ごすというのは珍しい方ですよ。普通は放課後や休日になると他の従者と交代しますし」

「そうなのか」

「はい。その、失礼ですが、お二人は主従関係以上の特別な関係というわけでは……？」

好奇心が抑えきれなくなったらしく、サーシャは小声で尋ねた。

セインが溜息混じりに否定しようとすると、

「半分肯定、半分否定……といったところですかねー」

「は、半分……？」

メリアの答えに、サーシャは目を丸くする。

想定外の回答をしてみせたメリアに、セインはこっそりと耳打ちした。

「おい、メイドよ。どういう意味だ」

「私は聖騎士の従者でもありますからねー」

クスクスと楽しそうにメリアは笑う。

言っていることは間違いではない。しかしその件についてはサーシャに説明することができない。変な誤解が生まれてしまいそうだ。

「く、詳しく聞いてもよろしいでしょうかっ⁉」

「残念ながらそこまでは説明できませんー。ただ、一般的な主従関係以上の、特別な関係とだけはお伝えしておきますー」

敢えて迂遠な言い回しをして、メリアは説明する。

「これは、スクープですね……」

ゴクリと喉を鳴らして、サーシャは手元のメモ帳に素早くペンを走らせた。

その後も取材は続き、セインたちは質問に答えていく。趣味や特技、学園に来る前は何をしていたかなど、セインたちは当たり障りのない答えを述べた。

当然、聖騎士の活動については一切口にしない。本当のことを答えられない質問がきたら、セインとメリアは口裏を合わせて嘘を述べた。

「――それでは最後の質問です」

サーシャがペンを止めて言う。

「次の対戦相手について、どう思っていますか？　勝算もあれば教えてください」

まずはセイン選手から、とサーシャは続けて言う。

セインは顎に指を添えて、真剣に答えた。

セインが三回戦で戦う相手は、エルディス兄妹の妹。ユリア＝エルディスである。

「難敵と言えるだろう。はっきり言って真っ向勝負で勝つのは難しいかもしれない。しかし彼女も器用なタイプだ。こちらが策を弄したところで、太刀打ちできるとも思えん」

「セイン選手は、ユリア選手のことを良く知っているんでしょうか？」

「ああ、彼女とは校外学習の時に戦った。あの時はここにいる仲間たちのおかげで勝利できたが……次は個人戦だ。工夫して戦わねばならない」

「工夫、ですか？」

「彼女は接近戦には慣れていないように思える。近づくことさえできれば、勝機も見出せるかもしれない」

「成る程……」

サーシャはセインの答えをメモ帳に記した。

「メリア選手はどうですか？　相手はあの生徒会長ですが……」

「そうですねー、あの人について、私が今更何かを言う必要もないと思いますけど……とにかく何でもできる万能型みたいですからねー。ああいう相手は、下手に策を弄しても動じることがないのでー……正面切って戦うつもりですー」

「真っ向勝負ということですね。……勝算はあるのでしょうか？」

サーシャの問いに、メリアは一拍置いて答えた。

「黙秘させていただきますー」

曖昧に濁すメリアに、サーシャは頷いた。

最後に、サーシャはメモ帳を見て、質問のし忘れがないか確認する。

「お二人とも、ご協力いただきありがとうございました！　今回の取材内容につきましては、明日の試合前に実況と解説がコメントすると思いますので、お楽しみください！」

では！　と元気よく別れを告げて、サーシャは立ち去った。

「武闘祭も、盛り上がるのはここからだな」

揺れる青色のポニーテールを見届けながらセインは呟く。

明日以降はより熾烈な試合が始まる。それに合わせて、新聞部も積極的に選手への取材を行っているようだ。

「たくさん喋りましたから、少し喉が渇きましたねー」

「そうだな。どこかで休憩できればいいんだが……」

辺りを見回し、手頃な場所を探す。

「……どこも客でいっぱいね」

マーニが呟いた。

時刻は午後三時。ちょうど、客もゆっくりと休憩したい頃合いだ。店内の様子を見ても席は全て埋まっており、ベンチや階段も空いていなかった。

「行ってらっしゃいませ、ご主人様！」

ふと、明るい女性の声がする。

振り返ると、そこには――。

「あれって、今朝、セインが声をかけられたメイド喫茶よね」

「……ちょうど、四人ほど空いたみたいだけれど」

桃色の看板が立てかけてある喫茶店から、四人の男性が出てきた。店の入り口には、白と黒のメイド服を着た店員がいた。四人の男性が出てきた。アリシアの言う通り、一回戦が始まる前にセインへビラを配っていたあの店だ。

ちょうど、席は四人分空いた筈だ。

しかし今朝のことを思い出す。セインがデリカシーのない発言をしてしまい、メリアのメイドとしてのプライドを傷つけてしまった件だ。

今、あの店に入るのは気まずい結果になりかねない。

セインたちは……それとなく、メリアの方を見た。

「……別に、気を遣っていただかなくても結構ですよー」

メリアが言う。

「むしろ私も、ああいう店のメイドがどういった働き方をしているのか、少し気になりますしー……あの店でも問題ないですよー？」

「そ、そう？　なら入りましょうか」

どうやらメリアは今朝のことをもう気にしていないらしい。

安心した一同は、喫茶店の方へと向かった。

「まあセインだって、『俺のメイドはメリアだけだ』って言ってたし。今更ああいう店のメイドを見たところで、メリアには敵いっこないわよ」

「うむ。今朝は勘違いさせてしまったようだが、あれは少し驚いただけだ。似たような格好をしているとは言え、所詮は素人。やはり本職のメイドには敵わん」

少しでもメリアの機嫌を良くするため、セインは全力でメリアを持ち上げた。

「……ほんとですかー？」

「ほ、本当に決まっている！　実際、今まであの店のことも忘れていたくらいだ！」

セインは熱弁した。

「なにせ俺には、長年連れ添った本物のメイドがいるからな。……あのような店に行く必要などないし、興味もない。今回は偶々あの店しか空いていないから、仕方なくそこに行くのだ。俺は別に他の店でも構わんのだぞ？」

「……いえ。先程の言葉が本当なら、別にいいですー」

メリアは視線を逸らして言う。

「一応……礼は、言っておきますー……」

そう告げるメリアは、少しだけ嬉しそうに見えた。

一先ず嵐は去ったようだ。安堵するセインに、隣からアリシアが話しかけてくる。

「セイン。アンタもちょっとは女心が分かってきたようね」

「そ、そうなのか？　よく分からんが、それは良かった」

日頃からアリシアやマーニに「足りない」と言われ続けてきた、女心への理解。あまり自覚はないが、どうやらそちらも成長しているらしい。

店内に入ると、両脇に並ぶメイド服の店員がお辞儀した。

「おかえりなさいませ、ご主人様！」

独特の光景が視界一杯に広がる。

壁紙やソファなどは桃色に染められており、店のあちこちでメイド服の店員が働いていた。店員と客の距離感が通常の喫茶店よりも近く、どちらも親しげに談笑している。

「お、おぉ……」

斬新な光景に、セインは感心の声を漏らした。

「席へご案内いたしますね。ちなみにご主人様。今朝、当店のメイドが配布していたビラを持っていれば、ドリンクの割引ができますが……」

席へ案内する前に、店員がセインたちへ訊く。

「そう言えば、配っていたわね」

「……でもあれは、とっくに捨てたんじゃ」

アリシアとマーニが今朝のことを思い出し、話し合う。

その時、セインは外套の内側へ手を突っ込み、一枚のビラを取り出した。

「これのことか？」

「わーっ！　ご主人、持っていてくれたんですねー！　私、感激です～！」

「うむ。こんなこともあろうかと、大切に保管して――――はっ⁉」

――殺気！

背後からの恐ろしい気配に、セインは勢い良く振り返る。

「は？」

そこには、信じられないものを見るような目で、こちらを睨むメリアがいた。

「あ、いや、これはその……」

「大切に保管、ですかー。……へぇー？　随分とこの店に来たかったみたいですねー、セイン様ー？　ふぅーん？　そうだったんですねー？」

「ち、違うのだ、メイドよ。こ、これは偶然、保管していただけだ。その、珍しくてつい残しておいたというか……と、とにかく、貴様が思っているようなことではない！　決してここで働く店員たちに興味があったわけでは……」

「そんなにメイドが好きならば、あとで冥土に送ってあげましょうかー……？」

「ひえっ⁉」

完全に切れている。激昂するメリアに、セインは心底から怯えた。

今朝配られたビラを今まで保管していたことが、相当、気に入らないらしい。

セインの弁明は事実だ。珍しいビラだから反射的にとっておいたのだが……確かに、この店に興味がないと言った手前、いつまでもビラを持ち歩いているのは妙な話でもある。

席へ案内されている間、アリシアがそっとセインに声をかけた。

「さっきの言葉は撤回するわ。アンタ、女心を学ばないと……そろそろ死ぬわよ」

「死……っ⁉」

想像を絶する不吉な予感に、セインの顔が青褪めた。

席に案内された後、セインたちはメニュー表から飲み物をいくつか注文した。

数分後、メイド服の店員がやって来る。

「お待たせいたしました、ご主人様。こちら、カフェラテとアップルティーになります」

マーニとメリアの前にカフェラテが置かれ、アリシアの前にアップルティーが置かれた。

「ごゆっくりどうぞ。ご主人様？」

店員がにっこりと微笑み、踵を返す。

「ほぉ……」

離れていく店員の後ろ姿を、セインはぼーっと目で追っていた。

「でれでれと、してんじゃないですよー……」

「うっ」

メリアに指摘され、慌てて視線を正面に戻す。

実際のところ、セインはメイド服の店員に見惚れているというより、このどこか異質な喫茶店の空気を楽しんでいた。しかしそれが他人からは違うように見えるらしい。少なくともメリアは、先程からずっと不機嫌だった。

「あ、美味しいわね」

アップルティーを飲んだアリシアが好意的な感想を述べる。

「……思ったよりも、サービスは普通ね」

店内の様子を眺めながらマーニが言った。

「初等部の子供たちも多いし、色々と自重してるんでしょう。……ほら、あっちのポスターにそれっぽいのが書いてるわよ」

アリシアが指さす方向を見ると、壁に張られた一枚のポスターが目に入った。

文面を要約すると、もっと高度なサービスを受けたければ、王都にある本店へ来るようにと記されている。

「お待たせいたしました。こちら、カプチーノのラテアートつきです」

店員がセインの前へ、カップを置いた。

「ご主人様、どんなアートをご希望なさいますか？」

店員がセインに訊いた。

あらかじめ考えていたセインは、腕を組んで答える。

「では、暗黒龍の紋章を」

「あ、暗黒龍の紋章……？」

「うむ。西の大陸に存在するという、暗黒龍を崇拝する秘密結社……その象徴とも言える禍々しいあの紋章を――ぐえっ」

向かいに座るアリシアに、足を踏まれてセインは悲鳴を漏らした。

アリシアは呻くセインの右腕を掴み、そこにはめられた指輪を店員に見せる。

「このアクセサリの模様はできますか？」

「はいっ！」

店員は得意気に微笑み、すぐに作業へ取りかかった。

ミルクとスプーンで、あっという間にラテアートが完成する。

「これで――完成ですっ！」

カップの表面に描かれた模様は、まさしくセインの指輪のものだった。

「おぉ、おぉぉ……っ」

「へぇ……けっこう、凄いわね」

目を輝かせるセイン。その対面ではアリシアも感心の声を漏らす。

「飲むのが勿体ないな……」

「お気持ちはありがたいですが、冷めないうちにお飲みくださいね？」

「それもそうだな。では、早速……」

セインは口元でカップを傾け、カプチーノを一口飲んだ。

ふわふわとしたフォームミルクの甘みが口の中に広がる。少ししてから、それを上書きするかのようにコーヒーの苦みが広がった。甘みと苦みがほどよく調和している。子供から大人まで、飲みやすい味だ。

「うむ、美味い」

「ありがとうございますっ！」

店員は嬉しそうに頭を下げた。

「あ、ご主人様。ちょっと失礼しますね？」

そう言って店員はポケットからハンカチを取りだし、セインへ顔を近づけた。

突然のことに硬直するセイン。その口元へ、ハンカチがそっと触れた。

「……はいっ。お口にお飲み物がついていましたよ？」

セインの口元についていたカプチーノの泡を取って、店員が笑みを浮かべる。

ハンカチを畳んで仕舞う店員に、セインは少し顔を赤くしながら礼をした。

「う、うむ……その、礼を言う」

「ご主人様はおっちょこちょいですね～。でもそんなご主人様も可愛い――ひいっ⁉」

その時、セインは気づかなかったが――メリアから強烈な殺気が放たれた。

殺気を注がれた店員は、あまりの恐怖に肩を跳ね上げる。

店員の足がテーブルとぶつかり、カプチーノが零れてしまった。

「も、申し訳ございません、ご主人様！　すぐに作り直しますね！」

先程のハンカチでテーブルを拭いた店員は、青褪めた顔をしながら慌てて厨房の方へ向かった。その様子に、セインたちは首を傾げる。

「急にどうしたのかしら？」

「……さぁ」

アリシアとマーニは顔を見合わせて頭上に疑問符を浮かべた。

「しかし、先程の芸は見事だったな」

「ラテアートなんて、普段はあんまり目にすることもないしね」

セインの呟きにアリシアも同意する。

「あんなの、メイドの仕事ではないですー……」

「まあ、それはそうかもしれないが」

不機嫌そうに言うメリアへ、セインは苦笑しつつも意見を述べた。

「だが俺は、ああいう誰かを楽しませる技術も素晴らしいと思うぞ。実際、されたら嬉しいものだ。……本職のメイドにはない魅力だな」

セインがポツリと零す。

その一言を聞いて、メリアは勢い良く立ち上がった。

「……少し、席を外しますねー」

顔を伏せたまま、メリアがどこかへ行く。

メリアの姿が見えなくなったところで、アリシアがセインを鋭く睨んだ。

「セイン……アンタ、なにメリアの前で他のメイドのことを持ち上げてんのよ」

「す、すまん。メイドのことを悪く言ったつもりではなかったのだが……」

「アンタ本当にいつか刺されるわよ」

「刺さ……っ⁉」

流石にそれはないだろうと否定したかったが、メリアを傷つけた自覚はあるので文句は言わなかった。セインは口を噤み、深く反省する。

「……メリア、遅いわね」

マーニが呟く。

メリアが席を立ってから、五分近くが経過していた。

「お待たせいたしましたー。こちら、カプチーノのラテアートつきですー」

先程零したカプチーノの代えが用意される。

「うむ、ありがと…………メイド？」

店員の方を見たセインは、目を見開いて硬直した。

「はい、メイドですがー？」

カプチーノを持ってきたのは、店員ではなくメリアだった。

いつの間にか普段のメイド服を身に着けている。どうやら席を立った後、メリアはこの服に着替えていたらしい。

「さて、ご主人様。アートのご希望ですがー……暗黒龍の紋章でしたねー」

困惑するセインたちの前で、メリアはカップにミルクを注いだ。

細いスプーンを細かく揺らし、カプチーノの上にひとつの絵が浮かび上がる。

「こ、これは……紛れもなく、暗黒龍の紋章！」

セインが最初に希望していた絵が、カプチーノの上に描かれていた。

その完璧な仕上がりに、セインは目を輝かせる。

「こんな細かいもの、よく描けたわね」

「……こう言うのもなんだけど、さっきのアートとは格が違う」

アリシアとマーニも、カップを覗き見て感嘆した。

「私も、このくらいできますのでー」

小さな声でメリアが告げる。

「私も、このくらいできますのでー」

「わ、わかった！　次からはメイドに頼む！」

顔を近づけて言うメリアに、セインは深々と頭を下げて反省の意を示した。

どうやら先程のセインの発言を、メリアは気にしていたらしい。人を楽しませるためだけの技術を、本職のメイドにはない魅力と言ったが、これは前言撤回する必要がありそうだ。メリアはこの店のメイドより、遥かに高度な芸を披露してみせた。

頭を下げるセインを見て満足したのか、メリアが着席する。

「やはり、この姿の方が落ち着きますねー……」

すっかり本調子に戻ったらしいメリアは、カフェラテを口に含んで言う。

「ていうか、そのカプチーノはどうしたのよ？」

「カウンターに行って、私の本職がメイドであることと、自分で飲み物を運びたいと伝えたら許可してくれましたー」

一応、ちゃんと手順は踏んでいたようだ。そういう抜かりないところがメリアらしい。

「ん？　そう言えばメイドよ。貴様は何故、この暗黒龍の紋章を知っていたのだ？」

セインが訊くと、メリアは再びカフェラテを一口飲んでから答えた。

「ご主人様の好きなものは、ちゃんと勉強しておりますのでー。……メイドとして当然のことですよー?」

それはまさに、喫茶店のメイドには絶対にできないことであり、メリアだけができる特別なことだった。

メリアはセインだけの従者だ。他の主を持つことなく、昔からずっとセインのために尽くしてきている。喫茶店のメイドは愛想も良いしサービス精神も旺盛だが、セインの趣味も特技も、何一つ知らない。

この店のメイドと、メリア。二人の明確な違いを悟り、セインは笑みを浮かべる。

「やはり俺のメイドは、貴様だけだな」

「……セイン様の世話をするのは、私だけで十分ですよー」

緩んだ表情を隠すかのように、メリアは口元にカップを近づけた。


それから二時間後。

喫茶店を出て、更に一通り露店を巡ったセインたちは、解散することにした。

「それじゃあ、また明日」

「……明日も頑張って」

校門の前で挨拶をして、アリシアとマーニが学生寮へと戻った。

ジェニファ王立魔法学園には複数の学生寮がある。セインとメリアは、彼女たちとは別の寮に所属していた。

「さて、私たちも今日は早めに帰りましょうかー」

「そうだな。明日も万全の体調で臨まなくては」

セインたちも寮への帰路につく。

祭りの賑々しい雰囲気も、夕暮れと共に落ち着いてきた。客にとっても、武闘祭は明後日まで続く。初日で体力を使い切るのは勿体ない。

「メイドよ。……実際のところ、あの生徒会長には勝てそうか？」

「分かりませんねー。なにせあの方は、単独で『混沌』を倒してしまうような、規格外の実力を持っていますからー」

「……校外学習の時だな」

通常の魔物より、遥かに強い『混沌』。それを単身で、あっさりと倒してしまうほどの実力があの男にはあるのだ。同世代の学生など、相手にならないだろう。

しかしメリアも同世代の中では抜きん出た強さを持っている。

明日行われる二人の試合は、セインとしても興味があった。

「おや、あれは――……」

寮へと向かう途中、道の片隅で紫髪の少女が立ち尽くしている。

「副会長か」

生徒会副会長のエミリア。

何か思い詰めたような面持ちでいる彼女へ、セインたちは近づいた。

彼女には一度、助けられた恩がある。武闘祭にエントリーする際、ロクサスといがみ合っているところを仲裁してもらった。

「副会長。こんなところで何をしている？」

声をかけられたエミリアは、目を丸くして驚く。

「セインさんと、メリアさんですか。……別に、何もしていませんよ」

「そのわりには思い詰めたような顔をしていたが……」

「少し、考え事をしていただけです」

多くは語らず、エミリアはセインとメリアの顔を見る。

「お二人とも、無事に勝ち残っているようですね」

「ふっ、当然のことだ」

胸を張って自慢気に答える。

「ところで……生徒会長は一緒じゃないのか？」

辺りを見回しながらセインが訊くと、エミリアは表情を曇らせた。

「会長は……」

エミリアは何かを言いかけて、一度口を閉ざす。

「……すみません。少し、お話できませんか？」

神妙な面持ちでエミリアは言った。


副会長エミリアとは、あまり親密な関係とは言えない。

顔を合わせた回数もそれほど多くはない筈だ。しかし「話をしたい」と告げた彼女の顔はどこか切実であり、セインとメリアは無下にするべきではないと判断した。

「お時間を取るつもりはありません」

話し込むつもりはないのか、エミリアは落ち着ける店などではなく、近くにあった路地裏の方へと移動し、早々に切り出した。

「ただ私は……会長が何をしているのか、知りたいだけです」

「……どういうことだ？」

いまいちエミリアの考えが分からず、セインは訊き返す。

「その……」

エミリアは口ごもった。

事情は知らないが、どうやら訊きたいことや話したいことが複雑らしい。

「貴女は、生徒会長のことをどう思っているんですかー？」

話を整理させるためにも、メリアが助け船を出す。

それならすぐに説明できるのか、エミリアは視線を通したまま口を開いた。

「会長は……とても実直で、好感が持てる人柄です」

訥々と、エミリアは語り出す。

「妥協することをあまり良く思っておらず、いつも自分に厳しく振る舞います。成績も生徒会の仕事も、常に完璧にこなしていて、私たち役員の期待に必ず応えてくれる……そういう、とても誠実な御方です」

微かに頬を赤らめるエミリア。

その様子にセインは微笑した。

「慕っているのだな、あの男のことを」

「……はい」

ゆっくりと首を縦に振り、エミリアは肯定した。

「ですが、会長には恐らく……私たちの知らない、裏の顔があります」

不穏な言葉が紡がれる。

「先月……朝早くに生徒会室へ行くと、全身傷だらけの会長がいました」

「傷だらけ……？」

疑問を口にするセインに、エミリアは「はい」と頷き、説明を続ける。

「お二人も、この学園の生徒なら、おかしいと思うでしょう？　――あ、の、会、長、が、傷だらけになっていたんですよ？　今まで誰と戦っても、息一つ乱さずに倒してきた会長が、全身を血と傷だらけにして、今にも死んでしまいそうな顔でいました……」

エミリアは視線を落とし、辛そうに続ける。

「何があったのかと訊きましたが、会長は答えてくれませんでした。……会長は誠実な方ですから、嘘はつきません。ただ、本当のことを言ってくれないんです。どれだけ心配しても、あの方は眉一つ動かすことなく、『お前には関係ない』と突き放そうとする……」

そこまで説明した後、エミリアは、真っ直ぐセインの方を見る。

「ちょうど、その時です。会長が貴方に注目し始めたのは」

エミリアの琥珀色の瞳が、鋭く研ぎ澄まされた。

「セイン＝フォステテス。貴方は、何か知っているんじゃありませんか？　会長が私たちの見えないところで、一体何をしているのか……」

セインは表情を変えることなく、沈黙する。

生徒会長カイン＝テレジアが隠している裏の顔。それは恐らく――『混沌』の討伐に関わることだろう。

「……いや、悪いが俺は何も知らない」

考えた末に、セインは嘘をついた。

カインの意図は分からないが、『混沌』の件は無闇に吹聴するべきではない。下手に巻き込んでも余計な被害を増やすだけだ。

「そう、ですか」

エミリアは意気消沈する。

「……心配、しているのだな」

「当たり前です」

エミリアは強い口調で言う。

「あの方の補佐をしていると、色々と違和感にも気づきます。時折、武器を持って何処かへ出かけることがあったり、学園にいる間も……ふとした瞬間、恐ろしいほど冷たい目で外を睨んだり。……こんなこと、あまりにも突拍子のない話かもしれませんが、きっと会長は私の知らないところで、何かと戦っているんだと思います。ただ、私にはそれが、死に急いでいるようにしか見えません」

「……何か、事情があるのかもしれないぞ」

そう言うと、エミリアは儚げな笑みを浮かべた。

「あんなに傷だらけになっても、誰にも頼ろうとしないなんて……一体、どんな事情があるというのですが」

悲しそうな表情でエミリアは呟いた。

「……お話、ありがとうございました」

「いや……力になることができず申し訳ない」

セインは軽く頭を下げて謝罪する。

「副会長。……会長が傷だらけだったのは、先月のいつか覚えているか？」

そんなセインの問いに、エミリアは少し考えてから答えた。

「先月の頭……校外学習が中止された、翌日です」

その一言を最後に、セインたちはエミリアと別れた。

路地裏から外に出て、学園の方へ向かうエミリアを、セインたちは見届ける。

「タイミング的に、最終日の、『混沌』の討伐が原因で間違いなさそうですねー」

「ああ……」

校外学習の最終日。カインはセインたちの前で、複数の『混沌』をあっという間に討伐した。あの時は圧倒的に見えたが、実際は多くの傷を負っていたようだ。

冷静に考えれば当たり前だ。

ただの人間に、聖騎士と同程度の働きなどできる筈もない。

「死に急ぐ、か」

確かに『混沌』に関することは、無闇に吹聴するべきではない。

しかし——だからと言って、孤独に戦える相手でもない。

誰にも頼ることなく、孤独に戦い続ける。

その生き様に、セインはかつて出会った小さな少女のことを想起した。

「どうかしましたかー？」

「……いや、なんでもない」

上目遣いでこちらを見つめるメリアに、セインは首を横に振る。

複雑な感情が渦巻く中、セインたちは学生寮へ戻った。

# 第三章　聖騎士の因縁

武闘祭、二日目。

この日は二回戦の後半と、三回戦が行われる。

既に二回戦を終えたセインは、午前中はのんびりと試合を観戦しながら過ごし、後の試合で動きが鈍らない程度に昼食を済ませた。

午後一時。三回戦が始まる。

「そろそろですよー」

時刻を確認したメリアが、セインに告げる。

「セイン、頑張ってね」

「……応援している」

アリシアとマーニが声援を送った。

「うむ。では、行ってくる」

セインは三人の少女たちに背を向け、講堂の控え室へ向かった。

二回戦が終わり、残りは三回戦、準決勝、決勝となった。勝ち残っている選手も限られており、控え室である講堂もスペースに空きが生まれていた。

「セイン様」

緊張するセインに、背後から少女の声がする。

振り返ると、そこには赤髪の女子生徒、ユリア＝エルディスがいた。次の対戦相手だ。

「本日はよろしくお願いいたしますわ」

ユリアがこちらに手を伸ばして言う。

セインはそれを受け取って答えた。

「うむ。こちらこそ、よろしく頼む」

互いに握手をして、それぞれの戦意を確かめる。

しかし……握手をしたはいいものの、ユリアは頬を赤らめたまま、一向にセインの手を離さなかった。

「……その、そろそろ手を」

「え？　……あっ⁉　す、すみません！　失礼いたしました！」

指摘されるまで手を握り続けていることに気づいていなかったのか、ユリアは慌ててセインの手を放した。

「その、ま、負けませんわよ！」

セインの顔に人差し指を突き出して、ユリアは踵を返した。

どうも校外学習以来、ユリアの様子がおかしい。避けられているわけではないが、どうも距離感を掴み損ねているような気がする。

首を傾げながら、セインは会場へと向かった。

『三回戦、第三試合はセイン＝フォステス選手対ユリア＝エルディス選手です！』

歓声が轟く中、セインとユリアは対峙した。

『三回戦に出場する選手には、新聞部の方々が事前にインタビューを行っております。試合前に少しだけその内容について触れていきましょう』

実況役の女子生徒が、新聞部から貰ったらしい取材内容を記したメモを読み上げる。

『暗黒騎士を目指していると豪語するのは、セイン＝フォステス選手です。今まではその奇抜な見た目から目立っていましたが、三回戦まで勝ち上がってきた実力は本物と言ってもいいでしょう。しかしセイン選手……対戦相手であるユリア選手を難敵と称しております。ここから先、勝ち上がることには些か不安があるのかもしれません』

観客席から子供たちの「頑張れ、暗黒馬鹿ーっ！」という声援が聞こえてきた。嬉しいが素直に喜べないので、眉を顰めながら唇をもごもごと動かす。

『一方、その対戦相手はエルディス子爵家の長女ユリア選手。子爵家の名に泥を塗らないよう今大会でも優勝を目指している彼女ですが、事前のインタビューによりますと、セイン選手に対する油断は一切ないとのことです。驚くことに、ユリア選手は武闘祭が始まる前からセイン選手のことを警戒していたようです。なんでも、校外学習でセイン選手の強さを垣間見たとか』

その説明を聞いて、セインはユリアの方を見た、

ユリアが薄っすらと笑みを浮かべる。――ありがたいことだ。まさか、そんな風に考えてくれていたとは。戦意を滾らせているのは自分だけではなかった。

『それぞれのコメントを比べてみると、互いに互いを難敵と考えているようですね』

『そうですね。二人の選手がどのような対策を用意してきたのか、見ものです』

実況の言葉に解説も同意し、どこか楽しそうに言う。

『あ、そうだ。言い忘れていましたが――』

実況が、手元のメモ用紙を捲りながら言う。

『――セイン選手、従者であるメリア選手とは正式にお付き合いしているようです』

「してないッ!?」

どうやら情報が誤った形で伝わってしまったらしい。

慌てて否定したセイン。しかし観客たちに、その弁明は届かなかった。

「てめぇ、ぶっ殺すぞ！」

「俺たちのメリアちゃんを汚すんじゃねぇ！」

「勝っても負けても地獄行きだ……っ！」

男たちの嫉妬に狂った瞳が、セインを睨んでいた。

周囲からの突き刺さる殺気に、セインが冷や汗を垂らしていると、

「…………え？」

何故かユリアも、光を失った目でセインを見ていた。

「そう……なん、ですの……？」

セインよりも動揺している様子のユリアが、小さな声で訊く。

「いや、違――」

『カウントダウンが始まります！』

実況の声がセインの台詞を遮る。

ユリアは強敵だ。カウントダウンが始まってしまった以上、集中せねばならない。

カウントダウンが進むにつれて、ユリアの表情が少しずつ暗く、怒りに満ちていった。

『試合開始です！』

開戦と同時に——眼前から、土の弾丸が迫りくる。

「うおっ⁉」

不意の奇襲に、セインは驚きながら右方へ飛び退いた。

追撃はない。体勢を整えたセインは、恐る恐るユリアの方を見る。

「……許しません」

ユリアは、怒りに肩を震わせる。

「わたくしが、貴方との真剣勝負に心躍らせている間……」

伏せていた顔を上げて、ユリアは目尻に涙を浮かべた目でセインを睨んだ。

「貴方は——自分の従者と乳繰り合っていたのですねっ！」

「何のことだっ⁉」

多分、とんでもない誤解をされている。

しかしそれを説明するよりも早く、ユリアは動いた。

「《沈め》《深い坩堝の奥底へ》——《泥の大渦》」

ユリアが両手を地面につき、魔法を発動した。

セインの足元の地面が、唐突に沼地に変わる。校外学習でも使用していた魔法だ。

「生半可な気持ちでは、わたくしには勝てませんわよ！」

粘度の高い土が、セインの足に絡みつく。

みるみると身体が沼地に沈んでいく中、セインは焦燥に駆られる心をどうにか落ち着かせ、掌を足元に向けた。

「生半可なわけが、あるか！」

セインは叫びながら、足元へ《闇散弾》を放った。漆黒の散弾が、セインに絡みつく沼を穿ち、その隙に拘束から逃れてみせる。

——校外学習で使われた魔法は、対策している。

セインは最初からユリアのことを難敵だと認識していた。だから武闘祭が始まる前、トーナメント表が公開されると同時に彼女の対策を行っていた。

生半可な気持ちでは勝てない——それはこちらの台詞だ。

「《泥散弾》！」

泥の散弾が放たれる。

慌てて回避しようとしたその時、靴に付着していた泥で足を滑らせてしまった。体勢を崩したセインの肩、脇腹、脛にそれぞれ泥の弾が命中する。

「くっ⁉」

痛みは殆どない。しかし代わりに半身が動かない。泥の弾丸はセインの身体にへばりつき、その動きを封じていた。

この戦術は、メリアと似ている。

水と土の複合である泥の属性で相手の動きを封じ、そして――。

「《土塊球》ッ!!」

土の魔法で、確実に追い詰める。

メリアは霧の魔法で相手の視界を封じ、その隙に短刀などで直接攻撃を試みる。それぞれ手段は異なるが、本質的な戦略は同じだ。

飛来する土の塊に対し、セインはなんとか腕を突き出した。

「――《暗黒球》ッ！」

闇の球体が、土の塊と衝突する。

だがユリアの魔法と比べ、セインの魔法は急造だ。このままでは押し負けてしまう。

「負けて、たまるかッ!!」

セインは素早く鞘から剣を抜いた。土塊が闇の球体を押しのけて迫るが、直後、セインは剣を閃かせる。《暗黒球》との衝突で脆くなっていた土塊は真っ二つに切断された。

その様子を……ユリアはぼーっと眺めていた。

「か……」

ユリアが小さく何かを呟く。

「かっこいいですわ……」

頬を赤らめて、ユリアが言った。

「……へ？」

セインは間の抜けた顔をする。

多分、気のせいだとは思うが——今、かっこいいって言わなかった？

「はっ——だ、騙されませんわ！」

何が？

勝手に憤るユリアに、セインは困惑する。

「念のため、誤解を解いておくが——」

「お黙りなさい！　この女誑し！」

「た、誑してなどいない！」

セインの言葉を遮って、ユリアは両手を前に突き出す。

「《現界せよ》《悪鬼を沈める泥濘の海》——《大泥流》!!」

巨大な泥の濁流が、セインの眼前に顕現した。

これは一筋縄では避けられない。

「――ッ!!」

走りながら、ユリアの位置を正確に記憶する。

迫り来る泥の大波は、すぐにユリアの姿を隠した。怒濤の勢いで押し寄せてくる泥をセインは避けながら、少しずつ、確実にユリアのいた場所へと近づいていく。

一際大きな波が迫った。

だが記憶が確かなら、この先にユリアがいた筈だ。

「――《黒流閃》ッ！」

漆黒の槍が、泥の波を突き破ってユリアへと迫る。

「きゃっ!?」

ユリアの悲鳴が聞こえると同時に、泥の濁流が勢いを失った。

術者の集中を阻害し、魔法の維持を崩した後は――。

「そこだ！」

「くっ――《錬金》！」

作戦通り接近戦を試みる。肉薄するセインに、ユリアは慌てて土の剣を形成した。

それぞれの剣が衝突し、鍔迫り合いが始まる。

互いの剣が交差する中、セインとユリアは顔を見合わせた。

「力をつけましたね……校外学習の時より、更に成長していますわ」

「あれからも努力したからな」

「……そのわりには、色恋沙汰にかまけているようですけれど」

「だから、それは誤解だ」

激しい剣の打ち合いが途切れ、双方ともに後退する。

セインは会場にいる観客たちにも聞こえるよう、大きめの声で告げた。

「俺とメイドは、そういう関係ではない」

はっきりと告げると、ユリアは目を見開いた。

「本当、ですの……？」

「うむ。……試合前にも言っていただろう。俺は暗黒騎士を目指している。……今はそれ以外のことに関わっている暇はないのだ」

その答えに、ユリアの表情が綻んだ。

「本気で、暗黒騎士を目指しているのですね……」

「ああ。――俺は本気だ」

真っ直ぐな瞳で、セインは言う。

そんなセインに対し、ユリアはどこか恍惚とした表情を浮かべた。

「……素敵」

「は？」

「わたくし、初めてですわ」

目を丸くするセインに、ユリアは続ける。

「今までは、自分が勝つことばかり考えていました。ですが、今は……貴方の行く末を見届けたいと思っています。……不思議ですね。こんなにも、誰かの背中を押したいと思うなんて。……とても心地よい気分です」

優しさと尊敬の念が込められた声音で、ユリアは言う。

「だから、わたくしは――降参いたします」

その発言を、セインは暫く理解できなかった。

ユリアが片手をピンと挙げて、降参する意思を示す。

『こ、これは……降参、でしょうか？』

硬直するセインよりも先に、実況役の女子生徒が状況を理解する。

疑問形で告げた実況に対し、ユリアは静かに頷いた。

『し、試合終了！　勝者はセイン選手です！　ええと、これは……どういうことでしょうか。ユリア選手が降参してしまいました！　私の目にはまだ戦えたように見えますが、もしかすると何かトラブルがあったのかもしれません』

会場にいる選手たちの声は、客席には届きにくい。試合中にしたセインとユリアの会話は誰にも聞こえていなかったようで、この降参には多くの者が戸惑っていた。

「セイン様」

観客たちが困惑する中、ユリアはセインへ耳打ちする。

「わたくし、貴方の強さに惚れましたわ」

意味深なことを言って、ユリアは会場を去っていった。


「こ、これまた……珍しい形で決着がついたわね」

セインとユリアの試合を見ていたアリシアは、複雑な顔をした。

「かえって調子が狂わなければ、いいんですけどねー」

「そうね……セインは考えすぎるきらいがあるし、その辺りは不安」

メリアの懸念に、マーニも同意した。

想定外の形で勝利してしまったため、馬鹿正直なセインはそれを引きずってしまう可能性がある。手応えのない勝利は不気味なものだ。

「とにかく、これでセインは準決勝に進出ね」

「ええ……その対戦相手も、次の試合で決まる」

セインの準決勝の相手はメリアなのか、それともカインなのか。その答えは、これからすぐに行われる試合で決められる。

「では、私はそろそろ試合の準備をしますねー」

そう言ってメリアは立ち上がる。

初日と違って二日目以降は試合のスケジュールに余裕があり、控え室への入場も前の試合が終わってからで良いと通達されていた。その間、会場の整備が行われるらしい。大会が進むにつれて出場する選手たちの実力も高水準になるため、試合は激化する。二日目以降は会場を整備するための時間が設けられていた。

目の前では、セインとユリアの戦いの余波によって生じたグラウンドの地割れなどが係員たちによって整備されていた。

「私はこれから移動しなくてはならないので、こちらのタオルと飲み物をセイン様に渡してもらってもいいですかー？」

「ええ、分かったわ」

アリシアが、メリアからタオルと飲み物を受け取る。

「この飲み物って、メリアが自分で作ったの？」

「そうですねー。武闘祭はこまめな疲労回復が大事みたいですから、運動した後、スムーズに栄養補給ができるよう色々と工夫してみましたー」

「へぇ……まったく、セインは幸せ者ね。こんな優秀なメイドに尽くされているなんて」

アリシアが感心した様子で言う。

「まあ、返しきれない恩がありますからねー」

「恩？」

「大した話ではありませんよー」

メリアは立ち上がりながら言う。

「……昔、『混沌』に家族を殺されて、自暴自棄になっていたところを拾っていただいたというだけの話ですー」

その説明に、アリシアは目を見開いた。

「……え、それ、本当？」

「どうでしょうねー。……まあ、そのくらいの恩があるということですよー」

答えを濁したメリアは、控え室へと向かった。

「二人とも、ここにいたのか」

数分後、セインが客席へとやって来る。

「セイン。準決勝進出……おめでとう」

「うむ。と言っても、あまり気持ちいい勝ち方ではないがな」

マーニの称賛に、セインは複雑な面持ちで答えて隣に座った。

メリアの試合はセインと同じ会場で行われるため、移動しなくても観戦できる。

「ねえ、セイン」

アリシアが訊く。

「メリアが昔、『混沌』に家族を殺されたって……本当？」

その問いにセインは無言で驚いた。

あまりに唐突な問いだ。しかし、そのような問いをするということは、メリアが己の過去を語ったのだろうと想像できる。

「ああ……本当だ」

暫く考えた末、セインはゆっくりと首を縦に振った。

「二人には想像がつかないかもしれないが……昔は今と比べて、随分と荒んでいた」

あの日――『混沌』に家族を奪われた時のことは、今でも鮮明に思い出せる。

幼い頃、メリアは『混沌』に家族を奪われた。

小さな村で慎ましく生きる一家だった。決して贅沢な生き方はできないが、それでも周囲の人々と支え合って、幸せに過ごしていた。

だがある日。その村に突如、『混沌』はやってきた。

それはまさしく災害であり、村人たちは不運を呪う間もなく次々と食い殺されてしまった。何が起きているのか理解するよりも早く、殆どの村人が死んだ。

メリアはその村で唯一の生き残りだった。当時、八歳だったメリアは母親にタンスの中へ隠れているよう指示され、『混沌』が姿を消すまでひたすら息を殺していた。やがてメリアがタンスの中から出た時、村は完膚なきまでに破壊されていた。

友や家族の死体を目の当たりにしたメリアは、復讐を誓った。

敵は――『混沌』は、駆逐せねばならない存在だと思った。

だが『混沌』は、求めていない時には現れるくせに、いざ自分から探しに行くと中々出会えない生き物だった。村の惨状に気づいた行商人に拾われ、街の居酒屋などで働くようになったメリアは、空き時間を見つけては『混沌』の捜索に勤しんだが、痕跡ひとつ見つからない。おかげで心は荒む一方だった。

標的が現れない間、メリアはずっと牙を磨き続けていた。

幸か不幸か、メリアは頭が良くて器用だった。だから仕事で日銭を稼ぐ傍ら、戦うための術を学ぶこともできた。独学で狩猟の経験を積み、やがて大人たちにはバレないよう密かに魔物を狩り始める。狩った魔物を解剖して更に知識を得て、力を蓄えた。

それから半年後。

付近に赤黒い魔物がいるという情報を偶々聞きつけたメリアは歓喜した。それは間違いなく『混沌』のことだった。

今度こそ、その息の根を止めてやろうと躍起になった。

しかし、間に合わなかった。情報を頼りに辿り着いた先では、また村がひとつ壊滅していた。メリアの故郷と全く同じ光景が広がっていた。

数ヶ月後、また似たような光景を目の当たりにする。

やはり『混沌』は殺さなくてはならない存在だとメリアは確信した。

そして更に数ヶ月後――漸く、生きている『混沌』を見つける。

――絶対に殺す。

理性が消え、頭が殺意で一杯になった。

近くにあった尖った棒を拾い、我武者羅に特攻しようとすると――。

「よせ」

純白のマントを纏った少年に、呼び止められた。

「そんな棒きれで、『混沌』は倒せない」

そう告げる少年は、金髪碧眼の美しい顔立ちをしていた。年は多分、自分と同じくらいだろう。しかし大人びた空気を醸し出していた。

メリアは突然、現れたこの少年に驚きながらも口を開く。

「……やってみなくちゃ、分からない」

「残念ながら分かってしまうものだ。……君は五行の系譜だろう？　『混沌』は光と闇の魔法しか効かない。だから、君では倒せない」

初耳だった。メリアにとっては『混沌』という名も、今、初めて聞いたものだ。

しかし、それでもメリアはゆっくりと『混沌』に近づいた。

「理屈では、ないのだな」

そんなメリアの様子に、少年は呟く。

「分かった。それなら――私の従者になれ」

少年の言葉に、メリアは首を傾げた。

「従、者……？」

「私の従者になれば、君は光の魔法を使うことができる。そうすれば『混沌』を倒すことも可能だ。……但し、ひとつだけ約束してもらうことがある」

少年は一拍置いて、はっきり告げる。

「死に急ぐな。私は君に、死んでほしくない」

その言葉の意味を、メリアはあまり理解できなかったが——斯くして契約は成立した。

その少年、聖騎士セインの従者となったメリアは女神の加護を譲渡されることによって光の魔法が使えるようになり、セインと共に村を滅ぼした『混沌』を討伐した。

事が済んだ後、セインはメリアに提案する。

「帰る場所がないなら、私の屋敷に来るか？」

「え？　……最初から、そのつもりじゃなかったの？」

メリアが軽く驚く。どうやら認識に食い違いがあるらしい。

「従者って言ってたから……てっきり、貴方のメイドになるんだと思ってた」

「ああ、そういうことか。紛らわしくてすまない。あの時言った従者というのは、聖騎士の力のことだ。別にそういうつもりで声をかけたつもりはないのだが……いや、悪くないかもしれないな。君は少し危なっかしいところがある。できれば常に目の届くところにいてもらった方が安心だ。……よし、では実際にメイドにもなってもらおう」

「いや」

「拒否権はない」

後付けの条件を呑む必要はない。そう思い、拒絶したメリアだが、セインはそれを許さなかった。

「今日から君は、私のメイドだ」

こうして、メリアはセインのメイドとして働くことになった。

屋敷についた後、メリアはまず身だしなみを整えることになった。ボサボサの髪は丁寧に梳かされ、衣服も小さなメイド服を着用することになった。

基本的にはメイドとしてセインの世話をしていたが、ある日、メリアは勉学にも励むようにと指示を受ける。

与えられた宿題の数々を見てメリアは唇を尖らせた。

「こんなことをしても、『混沌』の討伐には役立たない」

「しかし、生きるためには役立つものだ」

そう言い切るセインの心理を、メリアは理解できなかった。

だが、時が経つにつれて勉学が役に立つ。買い出しで価格を計算する時や、書類を整理する時などはいつも勉学で培った知識が活きていた。

そうした日々にやりがいを感じているうちに、メリアは自分自身の変化に気づいた。

いつからだろう。復讐のために『混沌』を殺すことよりも、平和な日々を過ごしている時の方が幸せに感じるようになったのは。

いつからだろう。『混沌』を殺すための鍛錬よりも、紅茶の汲み方を勉強する方が楽しいと感じるようになったのは。

分からない。だが、悪い気分ではない。

元々、メリアは温厚な性格だった。それが『混沌』によって人生を狂わされ、必死に復讐者の仮面を被って生きようとしていた。――その歪な生き方を、セインは見抜いていたのかもしれない。

セインと過ごした平和な日々は、いつの間にかメリアにとって、かけがえのない誇らしい記憶となっていた。

『三回戦、第四試合はメリア選手対カイン＝テレジア選手です！』

実況の声が会場に響き渡る。

『メリア選手は、第三試合に出場していたセイン選手の従者です。しかしその実力は一般的な従者とは一線を画しています。五行の系譜でも使い手が限られる、複合魔法を自在に行使する彼女の戦い方は、既に学生の域を超えていると言っても過言ではないでしょう』

簡単な紹介がされ、メリアは客席に向かって一礼した。

客席から様々な声援が聞こえてくる。

『しかし、相手はあのカイン＝テレジア。学生でありながら、既に国内でも五指に入ると言われているほどの実力者です。私はカイン選手ほど、光魔法を使いこなしている人物を他に知りません！　今回も圧倒的な強さを見せてくれるのでしょうか⁉』

本人のみの純粋な力量という条件下であれば、確かにカインほど光魔法を使いこなしている者はいないかもしれない。

無言で佇んでいたカインが、メリアに視線を注ぐ。

カウントダウンが始まった。

「生徒会長さんに、ひとつだけお願いしてもよろしいでしょうかー？」

試合が始まる直前、メリアが問う。

怪訝な顔をするカインへ、メリアは続けて言った。

「私が勝てば、セイン様を侮辱したことを、謝罪してもらっていいですかー？」

先日、カインはセインのことを馬鹿にした。その事実がどうしてもメリアの頭から離れなかった。

「いいだろう。だが――」

不敵な笑みを浮かべ、カインは答える。

「――前にも言った通り、お前では俺に勝てん」

そうカインが告げた次の瞬間、試合が始まった。

『試合開始です!!』

戦いの火蓋が切られる。

「《永久に彷徨え》《玻璃に潜む小人たちよ》――《霧幻の幕》」

まずはメリアが火と水の複合魔法で、霧を生み出した。

真っ白な霧が視界を埋め尽くす中、メリアは足音を立てることなくカインの後方へと回り込んだ。

だが次の瞬間、眩い輝きが閃く。

「《光弾》」

カインが光の初級魔法を放つ。

四方を霧で囲まれた今、お互い視覚は頼りにならない筈だが、カインは正確にメリアへ狙いを定めていた。気配を察知する能力に長けている。

しかし、所詮は初級魔法だ。メリアは光の弾丸を難なく避けて、再び魔法を発動した。

「《彷徨いの街》《姿なき死に》《悲鳴を上げろ》――《切り裂き魔》」

右手に持った短刀が、霧に溶け込み消える。《切り裂き魔》は、霧のある場所なら自在に武器を出し入れすることができる魔法だ。

　カインの背後から、突如、メリアの短刀が現れる。

　だがカインはこれを瞬時（しゅんじ）に察知し、半身を翻（ひるがえ）すことで回避し――。

「《光輝球（ヴライト）》」

　メリア目掛（めが）けて、巨大な光の球体を放った。

　霧に包まれたグラウンドが明るく照らされる。メリアはその眩（まぶ）しさに目を細めながら大きく真横に跳（と）び、光の球体を避けた。

　メリアの後方で球体が破裂（はれつ）し、その衝撃（しょうげき）で霧が晴れる。

「背中に目でも、あるんですかねー……」

　試合開始からまだ一歩も動いていないカインに対し、メリアは苦笑いしながら呟く。

「勝算があると言っていたが、その程度か？」

　そう言って、カインはメリアの方へ掌を向けた。

「《光散弾（ライト・ショット）》」

　輝く散弾が、高速でメリアへと迫る。

　メリアはこれを横に走った後、高く跳躍（ちょうやく）して避けた。

「……うまく避けるな」

　宙で身を翻し、軽（かろ）やかに着地するメリアへカインは言う。

「《妬(ねた)め》《濁った水面の精よ》――《水腕(ウォルタ・ハルデン)》」

　メリアが水の魔法を発動する。

　カインの足元から、無数の水の腕が現れた。それぞれの腕はカインの手足へ掴(つか)みかかり拘束しようとする。

「《光散弾(ライト・ショット)》」

　迫る水の腕に対し、カインは光の散弾で撃退(げきたい)した。

　直後、メリアはカインに肉薄して短刀で斬(き)りかかる。

　突(つ)き、薙(な)ぎ、切り上げ。三種の斬撃を繰(く)り出したが、カインには掠(かす)りもしなかった。しかしメリアは接近戦を続けながら水の腕も操(あやつ)り、再びカインの拘束を試みる。

「――《煌光槍(レイ・ジャベリン)》」

　カインが後方へ飛び退きながら、巨大な光の槍を顕現した。

　メリアはすぐに攻撃の手を止めて、回避に専念した。

　放たれた槍が水の腕を吹(ふ)き飛ばし、地面を大きく抉(えぐ)る。

　砂塵(さじん)が舞(ま)う中、メリアは短刀を構えながら息を整えた。

「……そうか」

　構えるメリアを見て、カインは納得(なっとく)したように呟いた。

「成る程。流石は聖騎士の従者といったところか」

「あー……もうバレましたかー」

「見れば分かる。お前は今、俺の魔法を、殆ど見ずに避けていた」

カインが言う。

「伊達に聖騎士に仕えているわけではないな。……光の魔法は熟知しているということか」

メリアもまた、これまでのカインの魔法を全て完璧に避けていた。

だがそれには絡繰りがある。メリアはカインの魔法をかなり早い段階で察知し、魔法が顕現するのとほぼ同時に回避行動に入っていた。

長年、聖騎士に仕えてきたメリアは、あらゆる光魔法をその目で見てきた。

微かな前兆さえ見えれば、それがどんな光魔法であるのか、瞬時に予測できる。

「《閃く大蛇の牙よ》――《光鞭》」

カインの右腕に光の鞭が現れる。

鞭はひゅんと音を立てて、メリアの胴へ迫った。メリアは素早く屈み、鞭をやり過ごしてからカインへの接近を試みる。

メリアの接近に焦ることなく、カインは手首を小さく動かす。するとやり過ごした筈の鞭が軌道を変え、メリアの背後から迫った。

しかしメリアは、鞭の動きを予測する。

背後から迫る鞭を、右手に持った短刀で受け流した。

「《永久に彷徨え》《玻璃に潜む小人たちよ》――《霧幻の幕》」

再び霧を生み出し、メリアは姿を隠す。

カインの動きを警戒しながら、メリアは続けて魔法を行使した。

「《流転・集束・破壊の幻像よ》――」

周囲に漂う霧がぐるりと渦を巻き、メリアの右腕に集う。

「《征野に轟き》《狼煙を掻き消せ》――《霧の咆哮》」

凝縮された霧が、巨大な砲撃と化して放たれた。

暴風を撒き散らし、地面に亀裂を走らせながら、砲撃はカインへと迫る。

「《現界せよ》《地平を照らす白銀の海》――《大光流》」

莫大な光の奔流が、霧の砲撃を掻き消した。

「くっ⁉」

激しい力のぶつかり合いの余波が、メリアを軽く吹き飛ばす。

体勢を整えるメリアの前で、カインは平然と佇んでいた。

「ぬるい」

獅子の如き鋭い眼光で、カインはメリアを睨む。

「どれだけ俺の魔法を避けられても、力自体は俺の方が上だ。……お前は俺の魔法を、避けることはできても防ぐことはできない」

「……まったく、嫌になりますねー」

口には出さないが、《霧の咆哮》はメリアにとって最大の攻撃だ。これ以上の攻撃は聖騎士の従者としての力を解放しない限り難しい。

こちらの最大火力の攻撃を、難なく凌いで見せたカインに、メリアは冷や汗を垂らす。

「どんな人生を歩めばそんなに強くなれるのか、気になって仕方ないですねー」

「……どんな人生？」

メリアの呟きに、カインが反応を示す。

「俺の人生は、お前となにひとつ変わらん」

「……どういう意味ですかー？」

問いかけるメリアに、カインははっきりと告げた。

「俺も、お前と同じ――『混沌』に家族を奪われた人間だ」

その言葉にメリアは目を見開く。

二重の驚きがあった。ひとつは、カインが自分と同じ境遇であったこと。そしてもうひとつは——何故、自分の過去を知っているのかということ。

「詳しく調べたわけではない。だが……五行の系譜が、聖騎士の従者になったのだ。そういう事情があると思うのは当然だろう」

「……カマを、かけたということですかー？」

「いや、最初から確信していた」

カインは真っ直ぐ、メリアの瞳を見据える。

「俺には分かる。お前の瞳の奥には、俺と同じように抱えきれないほどの憎悪がある」

そう告げるカインの瞳は——メリアにとって見覚えのあるものだった。

かつて、『混沌』に家族を奪われた直後の、自分自身の瞳がそこにあった。セインに拾われたばかりの頃、メリアはいつも鏡の前でその瞳を見ていた。

ゴクリと喉を鳴らす。

カインの、絶対的な強さの理由が……見えたような気がした。

「だが、俺たちは同じ過去を持っていても、同類ではない」

どこか苛立たしげにカインは言う。

刹那、その姿がブレる。

メリアはすぐに短刀を構え、斜め後方からのカインの攻撃を辛うじて防いだ。

「ぐ――っ⁉」

「たとえば今、この瞬間に『混沌』が攻めてきたとして……お前は奴らから、周りにいる人間を守ることができるか？」

光の弾丸が間断なくメリアへと迫る。

その勢いを殺しきれず、メリアは後方へと弾き飛ばされた。

「無理に決まっている。お前ごときの腕では、守りたいものなど何一つ守れない」

地面を転がったメリアはすぐに起き上がり、片手をカインへ向ける。

「《霧幻の幕》」

白い霧が、メリアの前に生み出されるが、

「――《光輝球》」

巨大な光球が霧を掻き消し、そのままメリアへと直撃する。

「か、は――っ⁉」

全身に強い痛みを感じながら、メリアは地面へ倒れ伏した。

「これが、聖騎士に頼ってきたお前の末路だ。復讐のためだけに生きてきた俺と、復讐を忘れ、偽りの平和に浸ってきたお前との違いだ」

起き上がろうとするメリアの頭上から、カインの言葉が降ってくる。

「お前を見ていると——甘えた自分を見ているようで、虫唾が走る」

次の瞬間、メリアは光の球体に押し潰されて意識を失った。


三回戦、第七試合はカイン＝テレジアの勝利で終わった。

対戦相手であるメリアは、身代わりのペンダントの許容量を超える傷を受けて気絶してしまい、すぐに会場から保健室へと運ばれた。

「……酷い怪我じゃなくて、よかったわ」

寝台の上で眠るメリアを見守りながら、アリシアは呟く。

メリアは気絶こそしたが、重傷を負ったわけではなかった。単純に当たり所が悪かったようだ。治療を担当した者によれば、暫くすれば目も覚ますらしい。

「失礼いたします」

保健室の扉が開かれ、一人の女子生徒がやって来る。

セインたちのもとまで歩み寄ったその少女は、エミリアだった。

「セインさん。……会長がお呼びです」

「生徒会長が？」

訊き返すセインに、エミリアは首肯した。

呼び出される心当たりはない。セインは不思議に思いながらもエミリアと共にカインのもとへ向かうことにした。メリアの看病をアリシア、マーニに任せる。

生徒会室の前に辿り着くと、エミリアが扉をノックした。

「来たか」

扉を開くと、椅子に座ったカインが鋭い目つきでセインを睨んだ。

「エミリア、席を外せ」

「……はい」

エミリアは小さく頭を下げて、部屋の外に出る。

生徒会室には、セインとカインの二人しかいなくなった。

数秒ほど無言の時が流れた後、セインはゆっくりと口を開いた。

「先程の試合……決着はついていただろう。何故、必要以上に攻撃した」

「半端者に現実を知らしめただけだ」

言葉の意図が分からない。何故、メリアが半端者なのだろうか。

「この場にお前を呼んだ理由は、お前が余計な手出しをしないよう釘を刺すためだ」

「……余計な手出しだと？」

「そうだ。たとえお前が聖騎士だとしても、俺の邪魔はしないでもらいたい」

その一言に、セインは眉根を寄せた。

だがカインの目に揺らぎはない。いつものように堂々としてた。

「……確信を持って、言っているようだな」

「ああ。もはや隠す意味はないぞ」

セインは小さく吐息を零す。いつの間にバレていたのか……やはり、先月の校外学習で疑念を抱かれたのだろう。あれ以来、カインは明らかにセインを訝しんでいた。

「聖騎士。この学園が、巨大な結界によって守られていることは知っているな？」

「……ああ。巨大な杖を媒介にした結界だな」

カインは「そうだ」と頷き、説明する。

「知っているかもしれんが、その杖の名は巨神の杖という。古い時代、人々が神を支えるために生み出した、特別強大な力を宿した杖だ」

先日、学園長に説明された通りの内容だった。セインは頷く。

「だが、強大な力を宿しているが故に、この杖は今『混沌の一族』から狙われている」

「なに？」

「お前がこの学園に入学して三ヶ月が経過した。……そろそろ不審に思っている筈だ。この学園の周辺には『混沌』が現れやすい。……その理由が、巨神の杖だと言っている。連中は巨神の杖を、神を支えるためではなく、神へ抗うために使うつもりだ。杖を利用して女神と男神を弱体化し、『混沌』の勢力拡大を目論んでいる」

女神と男神は長い間、『混沌』の封印に力を注いでいる。その力を弱めることができれば、確かに『混沌』は少しずつ勢力を拡大していくだろう。

「そんなこと、させるわけには……」

「ああ。だから杖は俺が守る。お前は余計な手を出すな」

きっぱりと言い切るカインに、セインは眉間に皺を寄せた。

話の全容が見えてきた。しかし、納得はできない。

「生徒会長よ。話を聞く限り、俺たちの目的は同じ『混沌』の討伐である筈だ。なら、手を組んだ方が確実だろう」

「お前とは手を組まない。――俺は聖騎士を信用しない」

怒気を孕んだ声音でカインが告げる。

そこには私憤が含まれているような気がした。

「何故だ」

事情を訊かなければ納得することはできない。

セインの問いに、カインは深く息を吐いてから答える。

「妹を、『混沌』に殺されたからだ」

カインは己の過去を語った。

「『混沌』には、始祖と呼ばれる特殊な七体がいるだろう。今はそれぞれ封印されているが……最後の封印が成し遂げられたのは、約十年前。先代聖騎士の時代だ。

先代聖騎士は、始祖の封印に取りかかっている最中、些細な油断によって一度だけ始祖を取り逃がしてしまった。その結果、偶然近くを通りがかった俺の妹が、始祖に殺される羽目になったのだ」

目を丸くして硬直するセインに、カインは続ける。

「どうしてそうなってしまったのか……妹の亡骸を抱え、先代聖騎士へ問い詰めると、くだらない答えが返ってきた。少し余所見をしてしまったからとのことだ。……あまりのくだらなさに、怒りすら消えた。

お前たち聖騎士は、力を持つが故に油断する。その結果、被害を受けるのは周りにいるただの人間だ。俺にはそれがどうしても認められない。だから……自分一人で『混沌』を殺せるようにと、力を磨き続けた」

これこそが、カインの強さの正体なのだとセインは理解した。

尋常ではない努力をしているとは思っていたが……その切っ掛けもやはり、尋常ではなかった。

「……貴様の言い分は理解した。しかし、たった一人で背負う必要は――」

カインを諭そうとしたその時、セインは学園の外から『混沌』の気配を感じ取る。

「今の気配は……」

「……タイミングがいいな」

カインも同じように気配を感じたのか、微かに笑みを浮かべて言った。

カインは壁に立てかけてある剣を手に取り、生徒会室の扉を開く。

「聖騎士。俺はお前に、背中を預ける気はない」

そう言ってカインは部屋を出た。

「会長？」

外で待機していたエミリアが、唐突に部屋から出てきたカインに驚く。

「暫く外に出ている。戻ってくるまで、俺の代わりを務めろ」

「ま、待ってください！　どちらへ行くつもりですか⁉」

エミリアは困惑してカインを呼び止めた。

しかし、カインは鬱陶しそうに振り向き、

「お前には関係ない」

冷たい目でそう告げたカインに、エミリアは言葉を失った。

意気消沈するエミリアを見て、セインは複雑な心境となる。

「副会長……心配するな。あの男なら大丈夫だ」

先程、感じた気配は全て『混沌の獣』……つまり『混沌』の中でも最下級の存在だ。校外学習の時はそれ以上の強敵が数多くいたためカインも傷を受けたようだが、今回は問題ないだろう。あの男なら難なく倒してみせる筈だ。

落ち込むエミリアから視線を外し、セインは学園の外へと向かった。

「女神よ」

校舎の階段を下りながら、セインは尋ねる。

「先代聖騎士が、始祖を取り逃がして、犠牲者を出してしまったというのは本当か」

『……うん。本当のことだよ』

セインの隣に薄らと姿を現した女神が、神妙な面持ちで肯定する。

『先代はそのことを、最期まで凄く気に病んでいた……本当に、ほんの一瞬の油断だったの。でも、そのせいで死ぬ筈のない人が死んでしまった……』

「……そうか」

カインは約十年前に妹が殺されたと言っていた。恐らく、セインが聖騎士の力を与えられる一年ほど前のことになるのだろう。

セインはその事件の当事者ではない。だが当事者でなくとも、かつてカインの妹を救えなかった聖騎士と同じ立場にいる人間だ。カインに憎悪を向けられる理由は十分ある。

「……まずは目先の問題を解決しなくてはな」

そう呟き、セインは聖騎士の力を解放した。


意識が朦朧とする中、メリアはこれまでの日々を振り返っていた。

カインとの試合が終わった後から、ずっと頭の中で過去の記憶が反芻されている。

これまでの人生に殆ど後悔はない。特にセインと出会ってからの日々は、メリアにとってこの上なく大切なものだった。

しかし、それがカインによって否定された。

『俺も、お前と同じ――『混沌』に家族を奪われた人間だ』

カインに言われたことを思い出す。

まさか、あの男が自分と全く同じ境遇だとは思わなかった。

自分もカインも、共に『混沌』に家族を奪われ、憎悪を抱いた人間だ。そして『混沌』を殺すために牙を研ぐ決意を抱いた者だ。

けれど、二人の間には大きな差があった。

『これが、聖騎士に頼ってきたお前の末路だ。復讐のためだけに生きてきた俺と、復讐を忘れ、偽りの平和に浸ってきたお前との違いだ』

あの男は、メリアの生き方を末路と言った。誤りだと告げていた。

しかし反論することはできなかった。意識を失ったからではない。意識を取り戻した今でも、あの時のカインに返すべき言葉を見つけられない。

それは――あの男の言葉が、正しいからではないか？

そもそも、どうして自分は聖騎士の従者になったのかをメリアは思い出す。

自分の、本来の目的は――。

「メリア！」

薄らと目を開いた直後、すぐ傍から友人の声が聞こえた。

「良かった、目が覚めたのね」

「……心配した」

隣にいるアリシアとマーニが、安堵に胸を撫で下ろす。

ベッドに横たわっていたメリアは上半身を起こし、辺りを見回した。

「ここは――……？」

「保健室よ。その……生徒会長との試合で、気を失っていたのよ」

言いにくそうにアリシアが説明する。

「そう、でしたねー……」

試合に負けてから今に至るまで、意識は微かに保たれていた。夢うつつの状態から徐々に意識も鮮明になり、試合の時に受けた傷が痛みを訴え始める。

「待っていて……すぐに医者を呼んでくるから」

そう言ってマーニがベッドの傍から離れようとする。

直後、メリアの頭に声が響いた。

『聞こえるか？』

セインの声が頭の中から聞こえる。聖騎士の力のひとつである《念話》だ。ここではないどこかからセインが語りかけている。

『すまないが、緊急事態だ。『混沌』が現れた』

その言葉を聞いて、メリアはアリシアと目を合わせた。

急変した二人の様子に、マーニが首を傾げる。

「……アリシア、どうかしたの？」

「『混沌』が出たみたい。今からセインと一緒に倒しに行くわ」

「そう。……なら私も手伝うわ」

マーニの言葉に頷いたアリシアは、《念話》でセインにその旨を伝える。

『セイン。マーニも手伝ってくれるみたい』

『承知した』

校外学習以来、マーニもセインたちと共に『混沌』の討伐を何度も経験していた。闇魔法のエキスパートである彼女の力は、『混沌』討伐に大きく役立つ。

『メイドは休んでおけ。今回は俺たち三人で――』

『――いえ、私も戦いますー』

頭に響くセインの心配する声に、メリアは素早く返した。

『しかし、まだ体調が万全ではないだろう』

『特に痛むところはありませんし、問題ないですよー。お気遣いは無用ですー』

『……分かった。だが、無茶はするなよ』

セインとの《念話》が切れる。

メリアはすぐにベッドから下りて戦いの準備をした。

「メリア、セインも言っていたけれど無茶は駄目よ。いざという時は私たちに頼って」

アリシアの言葉に、メリアは微笑を浮かべて答える。

「心配しなくても、大丈夫ですよー」

そう告げるメリアの瞳には、一点の昏い色が込められていた。


現れた『混沌』の数は十体。

セインは学園の外に向かいながら、生徒会室でカインとした会話を思い出していた。

敵の目的は、学園の結界を維持している巨神の杖……そう考えると、これまでの襲撃の頻度にも納得がいく。確かに学園の周辺では『混沌』がよく現れていた。

「セイン！」

校門を抜けたところで、背後からアリシアたちが追いついてきた。

「アリシア！　メリア！」

二人の名を呼ぶと同時に、アリシアとメリアの従騎士の力が解放される。

「どうするの、手分けした方がいい？」

全身に光の力を纏ったアリシアが、セインに訊いた。

「いや、今回の『混沌』は固まって動いている。方角は西と南――」

言いながら、セインは気づく。

西側にいた『混沌』の数が一体、減っていた。恐らくカインが討伐したのだろう。

「俺たちは南へ向かうぞ」

セインの指示にアリシア、メリア、マーニの三人は頷き、従った。

凡そ一分ほど走って『混沌の獣』たちを発見する。セインはすぐに腰から剣を抜いて手前にいる『混沌』を袈裟斬りにした。

「援護を頼む！」

「ええ！」

セインの右側から迫っていた『混沌の獣』を、アリシアが聖炎で消し炭にした。

「《現界せよ》《地平を這いずる漆黒の海》――《大闇流》」

セインの左側から迫った『混沌の獣』は、マーニが闇の魔法で押し潰す。

そして、セインの頭上から迫った『混沌の獣』を――。

「《二番目の従者たる証》――《沈みし聖刃》」

メリアが軽やかな動きで跳躍し、輝く短刀で切り裂いた。

着地と同時に、メリアはすぐに次の獲物を探した。右斜め前方で硬直している猿のような獣に狙いを定め、メリアは目にも留まらぬ速さで疾駆する。

身体を細かく左右に揺らしてメリアは獣の目前まで迫る。絶妙なフェイントによって獣はメリアの動きを捉えきれず、困惑していた。

一瞬で獣の喉元に迫ったメリアが、再び刃を閃かせる。

閃光が走ると同時に、獣の首が落ちた。

「……メリア？」

鬼神の如き戦いをしてみせるメリアに、セインは違和感を覚える。

最初は気合が入っていると思ったが——どうも、違うようだ。

メリアの顔には、いつもの余裕がない。まるで何かに焦っているかのようだった。

「——っ」

汗水を垂らしながらメリアは次々と『混沌の獣』を討伐していく。

だが、連続した運動に身体がついていけなかったのか、メリアは獣の手前で体勢を崩してしまった。一瞬の隙を見せてしまう。

刹那、『混沌の獣』は大きな爪を横に薙いだ。

巨大かつ鋭利な爪が、メリアの横合いから迫るが——。

「大丈夫か？」

セインが剣で爪を防ぎ、背後にいるメリアを心配する。

「……ええ、大丈夫ですー」

「なら良かったが……あまり先走るな」

力強く剣を振り抜いてセインは言う。光の斬撃が獣を両断した。

メリアにしては珍しい失敗だった。

セインたちにとっての宿敵、『混沌の獣』は恐るべき脅威だが、だからこそ冷静に、落ち着いて戦いに臨まねばならない。それはメリアも分かっている筈だが……どうも今のメリアは冷静さを欠いているように見える。

先程の獣も、いつもの彼女なら落ち着いて対処できた筈だ。

やはり試合直後でまだ心身ともに疲労が残っているのかもしれない。試合に勝ったならともかく、残念ながらメリアは負けてしまったのだ。精神的な負担もあるだろう。

「《七番目の従者たる証》――――《紡ぎし聖炬》ッ!!」

アリシアが聖なる炬火を顕現した。

こういう時のために、アリシアは武闘祭に参加しなかったのだ。体力を十分に残していたアリシアは、巨大な聖炎で辺りの獣たちを一掃する。

「ふぅ……これで全部かしら」

「……いや」

最初に感じた気配と数が合わない。

何体か、こちらの存在に気づいてどこかへ逃げてしまったようだ。

すぐに追いついて倒さねばならない。

「まだ、あっちに残っていますね――……」

いち早く残党の存在に気づいたメリアが、走り出した。

「なっ――待て！　メリア！」

たった一人で敵地に突っ込もうとするメリアを、セインが焦りながら追う。

やはり今日のメリアは様子がおかしい。冷静さを欠いている――まるで『混沌』を倒すことだけに拘っているかのようだ。

前方を走るメリアが、残る二体の『混沌の獣』と接敵した。

そのうちの一体を、軽やかな身のこなしで翻弄しつつ倒してみせるが――。

「――ッ⁉」

一体目を倒した隙に、もう一体に背後から回り込まれていた。

背後から迫る獅子型の獣に、メリアは咄嗟に気づいて防御の姿勢を取る。獣の突進を受けたメリアは後方の木へ叩き付けられた。

小さな呻き声を漏らしたメリアは、即座に反撃に出ようとする。

「待てと言っている！」

追いついたセインが、メリアの動きを制止した。

声を張り上げたセインに、獅子型の獣が襲い掛かる。

「っ、オォオォッ!!」

上下から迫る顎を間一髪で避けたセインは、光の剣で獅子の胴を切り裂いた。

崩れ落ちる『混沌の獣』を確認し、セインは小さく嘆息する。

「無茶はするなと言った筈だ」

「…………ぁ」

自身の暴走に漸く気づいたのか、メリアは我に返ったように目を見開いた。

セインは周辺に『混沌』が残っていないか気配を探る。もう残党はいない。西の方角にいた『混沌』も、カインが全て退治したようだった。

光の封印具をひとつひとつ身に着け、セインは聖騎士の力を抑える。

「メイドよ……何かあったのか?」

いつもの姿に戻ったセインが、メリアに訊いた。

「強いて言うなら、本来の自分に戻っただけですね――……」

「……どういうことだ」

伏し目がちに告げるメリアに、セインは訊いた。

「私は元々、『混沌』を倒すために聖騎士の従者になりました――……」

メリアが訳を話す。

「ですが気がつけば私は、聖騎士ではなくセイン様の従者として、平穏な日々を過ごすようになりました。……今まではそんな毎日に疑いを持っていませんでしたが、もしかするとそれは――……本来の目的を見失っていただけかもしれません」

「……そんなことはない。『混沌』を倒すことだけが貴様の人生ではないだろう」

「しかし結果として、私は同じ境遇である筈のカイン＝テレジアに完敗しました――」

怒りによるものか、微かに拳を握り締めながらメリアは言った。

「偽りの平和に浸ってきた私は、いつの間にか牙を磨くことを忘れていました。しかしあの男は、復讐心を忘れることなく、己を鍛え続けました。……勝てないのも当然のことですね――。どちらの生き方が正しいのかと問われれば……きっと、あの男なのでしょ――」

自嘲気味な笑みを浮かべてメリアは言う。

「……それを、あの男に言われたのか？」

セインの問いに、メリアは何も答えなかった。

その無言は肯定を意味している。

今日の試合で、メリアの様子がどこかおかしかったことにはセインも気づいていた。どうやら試合中にカインと深刻な話をしていたらしい。

セインは深く呼吸して、心を落ち着かせてから口を開く。

「いいか、メイドよ。死に急ぐことは強さではない。そんなことをしても満足するのは本人だけだ」

結局、死に急いだところで大した成果も望めない。先のことを考えると、地道に、落ち着いて行動した方が成果を得やすいと言えるだろう。

「ですが、それでもあの男は――……」

「あの男も間違っている」

メリアの言う通り、確かにカインは死に急いだ末にあれほどの力を得たのだろう。

だが、それは必ずしも正しいとは限らない。

「本当に『混沌』を根絶したいのであれば、仲間を作った方がいいに決まっている。確かにメイド一人では生徒会長に勝てないかもしれない。しかし、メイドには俺やミス・ゴールド、ミス・グリムといった仲間がいる。……全体を見れば俺たちの方が強いのだ。あの男は意固地になっているだけだ」

きっと『混沌』を倒してきた数も、自分たちの方が多いだろう。

セインの言葉を聞いて冷静になったのか、メリアは口を噤んだ。

「メイドよ。貴様は本当にあの男のようになりたいのか？　ここにいる俺たちと別れ、たった一人で戦い続ける道を正しいと言えるのか？」

　セインは優しく尋ねる。

「俺と出会ったせいでメイドが弱くなったというのであれば、素直に謝罪しよう。しかし少なくとも俺は……メイドと出会えて、良かったと思う」

　メリアはきゅっと唇を引き結んだ後、ゆっくりと口を開いた。

「私もー……セイン様と出会えて良かったです。……それだけは、間違いありませんー」

　そう言って、メリアは顔を上げた。

「ありがとうございます。……お陰様で、頭が冷えましたー」

「うむ。まあ、偶にはそういうこともあるだろう」

　いつも通りの様子に戻ったメリアを見て、セインも安堵した。

　メリアは普段、常に落ち着いているため、忘れがちだが……彼女も並々ならぬ事情があってセインと行動を共にしている。

　メリアも完璧ではない。セインと同い年の、十四歳の少女だ。

「今、はっきりと理解しました。カイン＝テレジアは、セイン様と出会わなかった私なんですねー」

「……どうやら、そうみたいだな」

メリアの呟きに、セインは首を縦に振る。

これまでの話を聞く限り、メリアの言う通りだろう。

「ならば、俺のやるべきことは単純だ」

はっきりと告げて、セインは隣のメリアを真っ直ぐ見据えた。

「メイドよ。俺は明日、あの男にも、貴様の時と同じようなことをしてみようと思う」

そう宣言するセインに、メリアは優しく微笑んだ。

「私の時と違って、一筋縄ではいきませんよー？」

「……貴様の時も一筋縄ではなかったがな」

良くも悪くも苦労した過去を思い出し、セインは苦笑した。

ふと目を逸らすと、アリシアとマーニがこちらへ近づいてくるのが見える。

セインは彼女たちに無事を伝え、戦いが終わったことを告げた。

# 第四章　仲間

武闘祭、三日目。

初日から盛り上がった武闘祭も、いよいよ最終日となった。

この日は午前中に準決勝が行われ、午後には決勝戦が行われる。一日目、二日目は会場が三つのグラウンドに分かれていたが、最終日の会場は中等部のグラウンドのみだった。

「うわっ、予想はしていたけど混んでるわね……」

これから客席へ向かおうとしたアリシアが、目の前の光景に顔を顰める。

今まで三つに分かれていた観客も、最終日からは一箇所に集まる。客席は昨晩のうちに拡充されており、全五段のベンチが用意された他、広大な立ち見席も設置されていた。

「それじゃあセイン。頑張りなさいよ」

「うむ。ありがとう、ミス・ゴールド」

強気な口調で、はっきりと信頼を感じさせる振る舞いで、アリシアはセインの背中を掌で押した。背中から彼女の自信が注入されたような気分になり、セインは礼を口にする。

「応援してる……と言っても、これだけ観客が多ければ、私の声なんて聞こえないかもしれないけれど」

「見てくれているということが伝わるだけでも満足だ。ミス・グリム……いや、師匠のためにも、俺はここで全力を尽くす」

隣に佇むマーニへ、セインは戦う意志を伝えた。

彼女がいなければ自分はここまで闇魔法を習得できなかっただろう。セインにとってマーニは、恩人と言っても過言ではない。

「ところで、メリアは何処へ行ったのかしら？」

アリシアが周りを見ながら言った。

「所用で少し席を外すようだ」

「所用って、これからセインが試合なのに……なんだかメリアらしくないわね」

「メイドはいつも通りだ。激励の言葉も昨晩、貰った」

そう告げるセインに、アリシアとマーニは若干、不満気な顔をする。

「……なんか、二人だけで完結しているような気がして釈然としないわ」

「……抜け駆け」

何か妙な勘ぐりをされているような気がした。

「では、行ってくる」

気を引き締めたセインは、ゆっくりと会場へ向かった。


生徒会室で仕事を済ませたカイン＝テレジアは、試合の準備に取りかかった。

壁に立てかけてある剣を手に取り、刃に損傷がないか確認する。身に着けている装備品に問題がないことを確認すると、剣を腰に吊るして生徒会室を出た。

「会長」

部屋を出ると、扉の前にいた副会長のエミリアがカインに声をかける。

「その……応援しています」

「ああ」

短く相槌を打ち、カインは会場へと向かう。

しかし、その左腕に薄らと刻まれた傷を見たエミリアは、慌てて声を発した。

「あのっ！　さ、昨晩はどちらへ——」

「——エミリア」

冷たい声音でカインが言う。

「余計なことは訊くな」

有無を言わせぬ迫力の込められた視線に射貫かれ、エミリアは押し黙る。

カインはすぐにエミリアから視線を外し、校舎の階段を下りた。

外へと繋がる廊下を半分ほど渡ったところで、メイド服の少女が立ち塞がる。

「何の用だ、半端者」

目の前に現れた少女、メリアへカインは尋ねた。

「一つだけ……多分、誤解をしていると思いますのでー、それを解きに来ました」

メリアは真っ直ぐカインを見据えて言った。

「確かに貴方は、私よりも強いと思います。私が平和に過ごしていた間、貴方はひたすら戦うための力を磨き続けていたのでしょー。それは賞賛に値します」

一定の敬意を込めて、メリアは言う。

「ですが、それでも……私は今の自分に誇りを抱いています。それだけは、認めていただければ幸いですー」

そう言って、メリアは視線を下げ、廊下の端に寄った。

「……くだらん」

吐き捨てるように言って、カインは会場へ向かう。

誇りなどという曖昧なものを、カインは好ましく思っていなかった。

そんなものを持っていたところで、現実は何も変えられないからだ。

『準決勝、第一試合はカイン＝テレジア選手対セイン＝フォステス選手です！』

会場に出ると、今までの試合とは比べ物にならないほどの多くの観客が目に入った。

学園の生徒も一般の客も、この会場の周りに集まって興奮を露わにしている。

その会場の中心に、黒い外套を身に纏ったセインがいた。

『いよいよ武闘祭も三日目！　準決勝です！　第一試合は光の系譜であるカイン選手と闇の系譜であるセイン選手の試合！　両選手ともこれまでの試合では――』

場の空気を更に盛り上げるべく、実況の女子生徒がセインとカインの情報について、興奮気味に説明する。

しかしセインとカインは、会場に響く実況の声を無視して睨み合っていた。

「生徒会長。試合が始まる前に、ひとつ要求がある」

無言で佇むカインに対し、セインは告げる。

「俺が勝てば、仲間になれ」

「……は？」

常に冷静沈着であるカインも、流石にこの要求は想定していなかったのか、明らかに驚いた。鋭い目を見開き、馬鹿を見るような目でセインを睨む。

「……それは、俺に、聖騎士(せいきし)の従者になれと言っているのか」

「そういうことだ」

　セインが肯定する。

「ふっ、ふははは……っ！」

　あまりに唐突で意味の分からない要求に、カインは思わず笑った。

　直後、カインの全身から、常人なら気を失ってしまうほどの殺気が放たれる。

「ふざけるな。……俺が、そんなことを認めるとでも思ったのか？」

　カイン＝テレジアは、先代聖騎士の失態によって妹を失っている。

　聖騎士に憎悪(ぞうお)を抱(だ)くカインが、その仲間になれと言われて承諾(しょうだく)する筈がなかった。

　しかし、その反応は当然、セインも予想している。

「聖騎士の力は使わない」

「……なに？」

「貴様は聖騎士のことを認めていないのだろう。だから俺は、聖騎士としてではなく、暗黒騎士を目指すただの凡人(ぼんじん)——セイン＝フォステスとして戦に挑(いど)む」

　眉間に皺を寄せるカインへ、セインは宣言する。

「聖騎士の仲間が嫌(いや)ならば、凡人である俺の仲間になれ」

その一言に、カインは目を丸くした。

『カウントダウンが始まります！』

実況の声が響き、セインとカインの間に半透明のスクリーンが投影される。

画面中心の数字が徐々に減っていくのを見つめながら、カインは失笑した。

「馬鹿馬鹿しい」

小さく呟き、カインは忌々しげにセインを睨む。

「聖騎士の力も使わずに、俺に勝てるわけがないだろう」

学生同士の試合には似つかわしくない、恐ろしい殺意を漲らせるカインに、セインは両手の拳を強く握り締めた。

『——試合開始です！』

開戦の合図が会場全体に響き渡る。

同時に、セインとカインは右腕を前に突き出した。

「《闇弾》ッ！」

「《光弾》」

全力で叫びながら、セインは闇の弾丸を放つ。

一方、カインは眉一つ動かすことなく光の弾丸を放つ。

それぞれの弾丸が、二人の間で衝突した。

鬩ぎ合うのは一瞬だけだった。輝く光の弾丸はあっという間に闇の弾丸を破壊し、そのままセイン目掛けて突き進む。

「くっ⁉」

迫る光の弾丸を避けたセインは、すぐに反撃の姿勢を試みた。

だが、それよりも早くカインが接近してくる。

「――ッ‼」

頭上から振り下ろされた剣に、セインもすぐに剣を抜き、それを横に構えた。

ガキン！　と大きな音が目の前で響いた。

セインは素早く剣を斜めにして、カインの剣を受け流す。

「《闇弾》ッ！」

一瞬だけ空いた片手をカインに向けて、セインは闇の弾丸を撃ち出した。

しかしカインはこれを最小限の動きで躱し、セインの腹へ蹴りを繰り出す。

「ぐっ⁉」

呻き声を上げながら、セインは後退した。

肺に溜まっていた酸素が口から零れ出る。それでも意識だけは、絶対にカインから逸らしてはならない。

すぐに剣を構えるセインに、カインは訝しむような目を向けた。

「何故、俺を仲間に誘う」

その問いに、セインは頬についた砂粒を拭いながら答えた。

「貴様が、死に急いでいるからだ」

呼吸を落ち着かせて、セインは言う。

「断言する。――今まで貴様が生き残ってきたのは、単に運が良かったからだ。このままではいつか必ず足元をすくわれて死ぬだろう。……貴様は、仲間がいなければ自滅してしまうような人間だ」

そう告げると、カインはスッと目を細くしてセインを睨んだ。

「何を根拠に言っている」

「俺のメイドが、そうだったからだ」

セインは即答する。

「副会長から話を聞いたぞ。校外学習の最終日、傷だらけになっていたそうだな。……貴様も薄々気づいている筈だ。『混沌』は一人で手に負える相手ではない」

至極当然の話だった。

一般人が一人で、簡単に退治できるようなら……『混沌』の存在は世間に秘匿されることもないし、聖騎士や暗黒騎士といった特殊な力を持つ人間も現れない。

カインも本当は気づいている筈なのだ。『混沌』という強大な敵と戦う場合、自分一人の力では限界がある。『混沌』とは、女神と男神が、古い時代からずっと封印し続けている危険な存在なのだ。そんな敵を前にして、ただの人間にできることなど多くはない。

そうした事情を知っているセインにとって、カインは非常に危うい人間だった。

かつてメリアを仲間にした時と同じだ。きっとカインは理屈で動いていない。己の憎悪を果たすためには、自分の命をまるで惜しまない。

その生き方を幼い頃から貫いて、未だ命があるのは奇跡と言ってもいいだろう。

だからこそカインは強い。奇跡的な生還を何度も果たしたカインには、他の者とは一線を画する経験と度胸がある。

しかし、その強さはきっと、歪んでいる。

いつか誰かを巻き込んでしまう。

「聖騎士……お前の言いたいことは理解した」

怒りを押し殺したような声で、カインは言う。

「あまりに不愉快だ」

金髪を怒りに逆立て、カインが言う。

「お前が主張する全ての意見は——お前が俺よりも強いことを、前提としている」

それは、そうかもしれない。

上から物を言ったつもりはないが、カインはそう感じたのだろう。

カインにも自負がある。これまで単身で『混沌』と戦い続けてきたカインにとって、あるかどうかも分からない未来の敗北に、心が揺さぶられることはない。

その程度で心が揺さぶられるようなら、今頃とっくに死んでいる。

「聖騎士の力は使わないと言ったな。……なら、引き出してやろう」

カインは剣を鞘に収めて言った。

「お前に、聖騎士の力を使わせて——その上で勝つ」

カインの正面に膨大な光の魔力が収束した。

魔法中心の戦法に切り替えてくるようだ。セインもすぐに剣を鞘に収め、走り出す。

「《現界せよ》《地平を照らす白銀の海》——《大光流》」

巨大な光の奔流が、解き放たれた。

辺りを眩く照らしながら、輝く激浪がセインへと迫る。

だがセインは——この攻撃を、読んでいた。

「くっ、おおぉおッ!?」

セインにとっては慣れ親しんだ光の魔法。その動きは目を瞑（つぶ）っていても読むことができる。広範囲（こうはんい）を攻撃する《大光流（ヴェーレ・ヴライト）》は、空中に跳（と）ぶことで回避（かいひ）可能だ。

恐怖（きょうふ）を押し殺し、セインは精一杯（せいいっぱい）、高く跳んだ。

上空へ跳んだセインに、カインは冷静に掌を向ける。

「《光輝球（ヴライト）》」

「《暗黒球（ダルディア）》ッ！」

カインが魔法を放つとほぼ同時に、セインも魔法を放った。

上空へ跳ぶ前から、セインは魔法の準備を整えていた。最初の《闇弾（ダルク）》と《光弾（ライト）》のぶつかり合いと違（ちが）い、今度は二つの魔法は最後まで鬩ぎ合い、相殺（そうさい）する。

「《光散弾（ライト・ショット）》」

間断なくカインが光の散弾を放った。

だがセインも、負けじと腕（うで）を突き出す。

「《闇散弾（ダルク・ショット）》!!」

飛来する無数の弾丸に対し、セインもまた、闇の散弾で抵抗（ていこう）した。

激しい衝突音（しょうとつおん）が響き、砂塵（さじん）が巻き上がる。

「ちっ……今のを、全て撃ち落とすか」

辛うじて地面に着地したセインに、カインは舌打ちした。

「あの従者と同じで、お前にも知識があるようだな。……聖騎士なら当然か」

カインが呟く。

「誰よりも光の魔法に詳しい、闇魔法使いか。……業腹だが、お前は光魔法の使い手にとって、天敵のような存在かもしれんな」

「ふっ、今更気づいたのか」

セインは不敵な笑みを浮かべる。

聖騎士であるセインは、この世界の誰よりも光の魔法を熟知している。セインにとっては全ての光魔法が既知の存在であり、その対処法も当然のように知っていた。

三回戦ではメリアがこの知識を活かした戦いをしていたが、セインは更に、光の魔法と正反対の性質を持つ闇の魔法を使用することができる。五行の系譜であるメリアはカインの魔法を回避できても防ぐことはできなかった。しかしセインは闇の魔法を用いて、カインの魔法を避けるだけでなく相殺することもできる。

魔法を用いた戦闘では互いの相性も重要になる。セインはメリアほどの地力はないが、カインとの相性は悪くない。

セインはこの大会で唯一、カインの魔法を完全に対策できる存在だった。

「……思えば、お前は余計なことばかりしてきたな」

カインが呟く。

「三ヶ月前。迷宮『開闢の摩天楼』に潜んでいた『混沌』を倒したのは、お前だろう？」

その問いに、セインは神妙な面持ちで答えた。

「だとしたら、なんだ」

「あれは俺が敢えて放置していたものだ」

カインが説明する。

「『混沌の一族』は、お前がこの学園に来る前から巨神の杖を狙っていた。そのための布石として用意されたのが、あの汚染された準聖剣だ。……連中は時が来れば、迷宮内にあらかじめ仕込んでおいた『混沌』を解き放ち、陽動として活用するつもりだった。学園の関係者たちが慌てて迷宮に向かっている隙に、巨神の杖を奪うといった寸法だ」

「……それを分かっていながら、放置していたということか」

「そうだ。逆にその作戦を利用して、連中を返り討ちにするつもりだった。……だがお前が余計なことをしてくれたせいで、この計画は不発に終わった」

あまりにも無謀な作戦を聞いて、セインは絶句した。

失敗すれば多くの者を巻き込んでしまうリスクのある作戦だ。

「それだけではない。お前がこの学園の結界を強化したせいで、連中は動きを止めた。本来ならこの時期に攻めてくる筈だったものの、お前のせいで敵の動きが予測しづらくなった。……お前が今までしてきたのは、全て俺にとっては余計なことだ」

淡々とカインは告げる。しかしその内容は、とても簡単に聞き流せることではない。

話を聞いたセインは、わなわなと怒りに身体を震わせる。

「馬鹿な！　貴様一人で返り討ちにできるほど、奴らは弱くない！」

「――その判断が思い上がりだと言っている！」

叫ぶセインに対し、カインもまた、怒りを露わにした。

「俺を、お前のような軟弱者と一緒にするな、聖騎士ッ!!」

カインが頭上に手を向ける。

すると、巨大な光の槍が顕現した。

「《煌光槍》ッ!!」

光の槍が斜め上方から放たれる。

当然、セインはこの魔法も知っていた。《煌光槍》は着弾と同時に爆発する槍だ。単に槍自体を避ければいいわけではない。

「《闇弾》ッ！」

大きな魔法を用意している暇はない。迫り来る槍の先端へ、セインは闇の弾丸を放つ。

微かに槍の軌道が逸れたことを確認し、セインはひたすら遠くへ走った。

光の槍が地面に触れると同時に、激しく爆発する。

「ぐ、う――――ッ!?」

目も開けられないほどの閃光が会場を照らした。

瞼を閉じたセインは、両手を前に交差して爆風を耐える。

身体が吹き飛び、何度か地面を転がった後、漸く爆風は収まった。

軋む身体に鞭打って立ち上がると、砂塵の中に佇むカインと目が合う。

「お前は俺に、仲間になれと言ったな」

「……ああ」

「その発想が危険だと、何故気づかない」

眦鋭くセインを睨みながら、カインは言う。

「最強の力を持つ聖騎士に、仲間など不要な筈だ。それでも、従者などという能力で仲間を作ろうとするのは、お前自身の心が弱いからだ。仲間という言葉は、聞こえはいいかもしれないが……増えれば増えるほど油断を生むことになる」

恐らくカインは、セインの傍にいるアリシアやメリア、マーニのことを言っているのだろう。彼女たちの存在が、セインを油断させると告げている。

「貴様は、一人で戦うべきだと言いたいのか」

「そうだ。結局、自分自身が強くならなければ、どんな問題も解決しない」

入学当初からどこか近寄りがたい空気を醸し出していたカイン。それは無意識によるものではなく、意図的なものだったらしい。

カインの傍には誰もいない。昨日、学園の周辺に現れた『混沌』を倒しに向かった時もカインは単身で戦いに臨んでいた。

そんな孤独への執着に……セインには、心当たりがあった。

「……やはり、貴様は後悔しているのだな」

少しだけ、同情を胸に抱いてセインは言う。

「先に謝罪しておこう。……昨日、女神を介して、先代聖騎士の記憶を覗いた」

メリアたちと共に『混沌』を討伐した後のことだ。セインは今日、この場でカインを説得するために、女神の力を借りてカインの過去を知った。

カインの妹は、先代聖騎士の失態によって死んだらしい。なら、先代聖騎士と共にいた女神に訊けば、その時の詳細を知ることができるのではないかと考えた。

結果は予想通り。女神は先代聖騎士の記憶をセインに見せ、カインの妹がどのように殺されてしまったのかを伝えた。

「十年前。貴様の妹は、貴様を庇って死んだようだな」

カインが一層、険しい顔つきになる。

だが、やがてカインは怒りよりも後悔の滲んだ顔で、肯定した。

「……そうだ。本当は、殺されるのは俺だった」

常に堂々と前だけを見ていたカインが、視線を落として語る。

「突如、現れた始祖を前にして、俺は恐怖のあまり一歩も動けずにいた。……そんな俺を妹は庇ったのだ。妹は俺の前で……四肢を飛び散らして死んだ」

カインが歯軋りをする。

「だから俺は死に物狂いで強くなった。あの時、妹が死んだのは俺が弱かったからだ。俺が強ければ……妹は、俺を庇うこともなかっただろう」

それこそが、カインの執着の正体だった。

誰にも背中を預ける気はない。自分こそが誰よりも強くならねばならない。この男は今まで、そんな常軌を逸した覚悟に突き動かされていた。

今まで、想像もつかない程の修羅場を潜ってきたのだろう。

全ては自分自身を強くするために。

しかし、それは——やはり危うい生き様だ。

「貴様こそ、何故気づかない。それでは同じことを繰り返すぞ」

「……なんだと?」

自らの危険な生き方に気づいていないらしいカインに、セインは複雑な顔をした。

「生徒会長。貴様が最後に負けたのはいつだ?」

その問いに、カインは怪訝な顔をしながらも答えた。

「記憶にない。少なくとも学生になる前だ」

「……つまり、妹を失ってからは、ほぼ誰にも負けることがなかったわけか」

「当然だ。俺は負けないために強くなった」

凡そ十年間、カインは敗北を知らなかったことになる。

少しずつ……確実に。カインの瑕疵に近づいていた。

今、セインはカインが抱える決定的な穴に触れたような気がした。

「だから貴様は、負けた時のことを考えられないのだ」

眉間に皺を寄せるカインへ、セインは続けて言う。

「まだ学園に来て三ヶ月しか経っていない俺でも分かる。貴様は一人ではない。多くの者に慕われている人間だ。……それ故に、貴様が敗北すると周りは黙っていないだろう」

生徒会長カイン＝テレジアは決して一人ではない。近寄りがたいと評判ではあるが、それも一種のカリスマ性として学生たちの間では認められている。

生徒たちはカインのことを頼れる生徒会長として尊敬しており、教師たちもそんなカインに一目置いている。この会場にいる観客だって、カインに期待している筈だ。

孤独な戦いに固執しているくせに、孤独ではない。その矛盾は必ず綻びを生む。

「想像してみろ。自分が負ける時、誰かが身を挺して守ってくれてはいないか？」

もし、カインが『混沌』と戦った結果、敗北寸前まで追い込まれてしまった時。

誰かがカインのことを庇おうとするかもしれない。

かつて、カインの妹がそうしたように。

「……そうならないために、俺は強くなった」

僅かな動揺を隠すかのように、カインは苛立ちを露わにして言う。

「そうならない人間などいない」

セインは冷静に告げた。

「貴様の気持ちはよく分かる。人は強い力を得れば得るほど、自分一人で背負いたがるものだ。……だが、たった一人の強さなど、足元をすくわれるだけで瓦解してしまう」

実感を込めてセインは告げる。

セインもまた、かつては似たような執着を持っていた。

聖騎士としての活動に疑いを持っていなかった頃は、あらゆる問題を自分一人で抱えていた。しかしそれでは女神を救えないと知ると、セインはそこで漸く、自分一人では解決できない問題もあるのだと悟った。

だから学園に通って闇魔法を教わろうとしたし、自分より凄腕の闇魔法使いであるマーニにも積極的に関わっていった。

自分の道に疑念を抱かない限り、この誤りには気づけない。

カインに、この誤りを認めてもらうためには――きっと誰かが、カインの絶対的な自信を打ち破らなくてはならないだろう。

「生徒会長。貴様は一度、負けた方がいい。そして、自分が一人ではないと知るべきだ」

カイン＝テレジアは一度、その自信を折られた方がいい。

あまりにも強靭な精神力を持つこの男は、敗北しない限り己を顧みない。

「聖騎士であるにも拘わらず、暗黒騎士を目指す……」

カインの口から、怒りに震えた声が漏れる。

「そんな道楽に、うつつを抜かしている馬鹿の分際で――」

「――道楽ではない！」

強烈な怒気に臆することなく、セインは言う。

「俺にも、強くなる理由があるッ!!」

「ほざけッ！」

カインが右手を天に向けた。

「《閃く大蛇の牙よ》――《光鞭》ッ!!」

光の鞭が顕現した直後、カインが勢い良く腕を振り下ろす。

セインの頭上から、鞭が迫った。半身を翻し紙一重で避けたセインは、そのまま素早く後退し、カインの動きを注視する。

前後左右、四方八方から不規則に光の鞭が迫り来る。

ただの学生なら途中で混乱し、この魔法を避けきることができなかっただろう。

しかし、誰よりも光魔法に詳しいセインは、冷静な思考を保ったまま対処できた。

「《暗黒球》ッ！」

数瞬先の未来を予測し、セインは鞭が現れるであろう場所に漆黒の球体を放つ。

次の瞬間、予測は的中し、鞭がまるで球体に吸い寄せられるかのように現れた。漆黒の球体が鞭の中心を派手に削り取る。中心から千切れた鞭は、眩い光と共に消失した。

しかしカインは動揺しない。すぐに光の散弾をセインに放つ。

「——使えッ!!」

反撃(はんげき)の隙(すき)を窺(うかが)うセインに、カインは言う。

「聖騎士の力を使ってみせろ！　この俺が、乗(の)り越(こ)えてやるッ!!」

光の散弾を《闇散弾(ダルク・ショット)》で弾(はじ)き落としながら、セインも口を開く。

「俺は、聖騎士ではない！」

少なくとも今、この場でカインと戦っているのは——。

「ただのセインだッ!!」

闇の弾丸を放ちながらセインは叫ぶ。

カインはそれを避けると同時に、頭上に手を伸(の)ばした。

「《煌光槍(レイ・ジャベリン)》ッ!!」

巨大な光の槍が顕現する。

即座(そくざ)に放たれた槍は、神々(こうごう)しく煌(きら)めきながらセインへと飛来した。

「——《黒流閃(ダーク・レイ)》ッ！」

黒い、一条(ひとすじ)の閃光(せんこう)が、槍の正面に突き刺(さ)さる。

漆黒の槍は、光の槍を穿(うが)ち、そのまま貫通(かんつう)してみせた。

「ぐうッ!?」

漆黒の槍が、カインの肩口を貫く。

この武闘祭で、初めてカインが傷を負った瞬間だった。

「俺は、女神を孤独から救いたい。そのために暗黒騎士を目指している」

「女神を……？」

訊き返したカインは、やがて失笑する。

「……聖騎士の使命は、神々の封印から漏れ出た『混沌』の討伐だ。お前はその使命を果たすことよりも、己の欲を優先すると言うのか」

「それは、否定しない」

セインは一瞬だけ視線を落として肯定する。

「だがこれは、今までのどの聖騎士も果たせなかったことだ。……今までの、全ての聖騎士が先送りにしてきた問題なんだ……」

先代の聖騎士も、その前の聖騎士も。きっと、今までの全ての聖騎士も、女神の孤独には気づいていた筈だ。しかし『混沌』を討伐するという使命を優先して、その問題をずっと先送りにしていた。

先代たちが悪いとは思えない。ただ……偶々、セインが今までの聖騎士と違って、女神の孤独を先送りにするべきではないと考えたのだ。

今までの聖騎士にはなかった気持ちが、セインには芽生えたのだ。

「俺が絶対に、この連鎖（れんさ）を終わらせてみせる。……俺にはそういう覚悟がある」

口に出したその言葉に、強い意志を感じたのか、カインは目を丸くした。

やがてカインは静かに両目を閉じ、怒りの感情を霧散（むさん）させる。

「……認めよう、セイン＝フォステス」

そう言ったカインの瞳（ひとみ）は、怒りではなく静かな闘志（とうし）に燃えていた。

「お前は、俺の知る聖騎士ではない。目的も、出で（い）立ちも、何もかもが違う。……俺が憎悪している相手ではないようだ」

カインは今、漸く、目の前に立つ敵がセインという一人の凡人であることを認めた。

「《神聖なる光の担い手（にないて）となることをここに誓（ちか）う》――」

カインの手に、煌（きら）めく光が収束する。

「《救済の剣よ》《遍（あまね）く正義に導きを》――《光剣（セイント・セイバー）》」

高密度に収束した光が、一振（ひとふ）りの剣と化してカインの掌に収まった。

光輝（ひかりかがや）くその剣は、聖騎士の象徴（しょうちょう）である聖剣と酷似（こくじ）している。見た目だけでなく、恐らく性能も高い筈だ。あの剣には、カインの強さが凝縮（ぎょうしゅく）されている。

聖騎士に対する憎悪ではない。

カインは、セインという一人の人間に対して全力を出す気だった。

「いくぞ、セイン＝フォステス」

剣を構え、カインが告げる。

「……来い」

セインも、必殺の魔法である《黒流閃(ダーク・レイ)》をいつでも撃てる準備を整えた。

もう体力は殆(ほとん)ど残っていない。これが最後の勝負だ。

互いの視線が交錯(こうさく)する。

刹那(せつな)――双方(そうほう)、ほぼ同時に動いた。

光の剣を手にしたカインが、セイン目掛けて疾駆(しっく)する。

あの剣はきっと、どんな鋼鉄でもバターのように切り裂(さ)いてしまうだろう。生身では当然、太刀(たち)打ちできない。腰(こし)に吊るした剣で対抗(たいこう)しても意味はない。

闇魔法の師匠であるマーニから教わった必殺の魔法《黒流閃(ダーク・レイ)》は、体力的にも状況的(じょうきょうてき)にもあと一回しか使えない。

だから、極限までタイミングを見極(みきわ)める。

カインが数歩先まで迫った。――まだ撃たない。

カインが光の剣を上段で構えた。――まだ撃たない。

カインが光の剣を振り下ろした。――今ッ!!

「――《黒流閃(ダーク・レイ)》ッ!!」

振り下ろされた光の刃(やいば)へ、セインは漆黒の槍を放った。

一瞬でもタイミングが遅(おく)れていれば、確実に切り裂かれていた。しかし今、光の剣と闇の槍が、激しく火花を散らしながら鬩ぎ合う。

カイン＝テレジアに、セイン＝フォステスの強さを認めてもらうためには、どうしたら良いのか。それをずっと考えていた。

勝つしかない。……軽く傷をつけるだけでは無駄(むだ)だろう。相討(あいう)ちでも厳しい筈だ。

勝つ。真っ向勝負で。カインの強さを正面から挫(くじ)く形で。

そのための、最初で最後のチャンスだった。

「ぐ、おぉおおぉおおぉおおぉお――ッッ!!」

ずば抜けた速度と貫通力を持つ魔法《黒流閃(ダーク・レイ)》が、光の剣に突き刺さる。

その刀身に、亀裂(きれつ)が走ると同時に――――激しい爆発が起きた。

『強烈な爆発が起きました！　これは双方、無事では済みません！』

爆発が起き、砂塵が巻き上がった後、実況が言った。

観客たちがどよめく。彼らが最後にその目にしていた光景は、セインの槍とカインの剣が鬩ぎ合っていたところだ。

砂塵が晴れ渡ると同時に、その結果が示される。

『た、立っていたのは、カイン選手です！』

爆発の衝撃によって後方へ吹き飛ばされたのか、カインは爆発前とは全く違う位置で立っていた。身に纏う制服は傷だらけで、カイン自身も息を乱している。

『少し離れたところではセイン選手が倒れています！　ということは、この試合——勝者はカイン＝テレジア選手ですッ!!』

セインが着けていた身代わりのペンダントは破壊されていた。

結果は一目瞭然。実況が叫んだ通り、カインの勝利だ。

観客たちはかつてないほど興奮する。この試合を観に来た客たちの殆どが、最初はカインの圧勝を予測していた筈だ。それが蓋を開ければ、かなり接戦となった。観客たちにとっては、自分たちの予想を超える見応え抜群の試合だっただろう。

『カイン選手、今までにないほど苦戦しておりましたが、最後はやはり勝ち上がってみせました！　決勝戦に出る選手の一人は、カイン選手です！』

「――いや」

カインは冷静に、実況の言葉を否定する。

「消耗が激しい。次の試合までに回復するのは不可能だ。……リタイアする」

カインのリタイア宣言は、長い沈黙の末、受け入れられた。


学園の保健室で目を覚ましたセインは、一瞬で状況を理解した。

ベッドに横たわっていた身体を起こして時計を確認する。準決勝が始まってから、まだ一時間しか経過していなかった。

「結局、俺は負けたのか」

「惜しかったわよ」

いつの間にか隣にいるアリシアが、慰めるように言う。

「まあ、アイツがどのくらい本気を出していたのかは知らないけど」

「……そうだな」

アリシアの言う通りだった。

果たして先程の試合、本当に全力のカインと戦うことができたのだろうか。カインは因縁の相手である聖騎士と戦ったことで間違いなく動揺していた。その上、昨日カインは単身で『混沌』を数体ほど倒しており、その時の疲労や負傷もあるだろう。

「……でも、最後は全力だったと思うわ」

「そーですねー。あの聖剣みたいな魔法、かなり強かったと思いますよ」

マーニの呟きに、メリアも同意する。

セインは小さな声で「そうだな」と頷いた。

「失礼する」

その時、保健室の扉が開いてカインがやって来た。

カインは部屋に入るなり、目を覚ましたセインに視線を注いだ。

「無事に目を覚ましたようだな」

「ああ。……そういう貴様は無事だったのか？」

気を失う直前のことを思い出す。カインとセインの魔法が引き起こした爆発は大きなものだった筈だ。

「無事ではない。俺も気絶こそしなかったが、疲労が限界だ。……今日はもう剣を振ることすらできないだろう」

確かに、カインの顔には今までにはないくらい疲労の色が浮かんでいた。

しかしそれなら、わざわざ疲労した身体に鞭打って、どうして自分たちに会いに来たのだろうか。不思議そうにするセインの前で、カインはメリアへ歩み寄った。

「すまなかった」

カインが、メリアに頭を下げる。

「俺は、今の自分を正当化するために、お前の生き方を否定した。……浅ましい考えだった。これまでの言葉は全て撤回しよう」

「別に、いいですよー。私も……頭に血が上っていましたから」

微かに目を丸くして驚いたメリアは、すぐに許す。

次いで、カインはアリシアの方を見た。

「アリシア＝レーミア」

「な、なによ」

「以前、お前にも酷いことを言ってしまったな」

恐らくそれは三ヶ月前、セインと共に迷宮『開闢の摩天楼』を探索した時のことだ。その探索中、セインたちはカインと遭遇している。

「光の魔法を使うことができず、一族の恥晒しとまで言われていたお前も、いつの間にか誉れ高い聖騎士の従者だ。俺は努力しているお前に対し、分不相応な夢を抱いていると思っていたが……どうやら俺には目利きの才能がないらしい。すまなかった」

「い、いいわよもう。三ヶ月も前の話だし……と、取り敢えずそのしおらしい態度、やめなさい。アンタがその調子だと、こっちも調子が狂うわ」

面食らったようにアリシアが言う。

後ろ髪を掻くアリシアに、カインは「そうか」と微笑を浮かべた。

実際のところ、セインたちは誰もカインに、そこまでの怒りは抱いていなかった。カインがただの性悪な人間なら、きっとそう簡単には許せなかっただろう。しかしカインは実直な人間だった。今までいがみ合っていたのも、カインの壮絶な過去によるものだ。その過去は決して軽くはなく、同情の余地は十分にある。

「セイン。お前は女神を孤独から救うと言っていたが、具体的にはどうするつもりだ」

試合中にした話について、カインが訊く。

「男神になる」

「……神に？」

「うむ。暗黒騎士になった後、最終的には男神となるつもりだ。誰かと共に生きたいという女神の願いを叶えるには、俺自身が女神と対等な存在になるしかない」

そう言うと、カインは大笑いした。

「ふふっ、ふはははっ!!　まさか、神を目指しているとはな……っ！」

馬鹿にしているような笑い方ではなかった。心底、不思議で、あまりにも予想を超えていたことによる笑いだろう。

今までの硬い印象を覆すようなカインの笑いに、場の空気も和む。

「アンタ、もう聖騎士のことは恨んでないの？」

緊張して損したと言わんばかりに、アリシアは溜息を零して訊いた。

「……聖騎士に対する恨みは消えない」

心なしかいつもよりかは軽い声音でカインは言う。

「だが、少なくともそこの馬鹿を恨むのはお門違いだと気づいた」

「馬鹿⁉」

「馬鹿だろう。聖騎士でありながら暗黒騎士を目指すなど……それどころか、最終的には神を目指すなど、まともな人間ではない」

急に馬鹿呼ばわりされたことにセインは憤慨する。しかしカインは、セインを馬鹿と呼びつつもどこかその行動を認めているようだった。

「お前は、聖騎士としては無責任極まりない男だ。しかし、人としては多少好感を持つことができる」

そう言ってカインは、真面目な面持ちでセインを見た。

「これまでの自分を否定する気はない。だが……少なくとも、自信過剰であったことは認めよう。まさかお前に、あそこまで食い下がられるとは思わなかった」

試合前と比べると、随分と柔らかい態度になった。

まだ聖騎士に対しては複雑な感情を抱いているようだが、十分な前進だろう。

「生徒会長。試合前にした話についてだが……」

当初の目的を切り出す。

セインとしては、できればカインには背中を預ける仲間を作ってもらいたい。

「『混沌』を倒すというお互いの目的は一致している筈だ。……試合に負けた手前、俺の方からはもう何も言えないが……」

セインの言葉に、カインは神妙な面持ちをした。

「……少し、考えさせてくれ」

そう言って、カインは沈黙した。

その時──外から、大きな音が聞こえる。

轟音と同時に地響きがした。保健室の薬品を並べた棚がカタカタと音を立てて揺れる。

「なんだ、今のは……？」

「これは……？」

不意に訪れた音と揺れに、セインとカインは目を見開いた。

『セイン君！』

隣に、セインにしか見えない女神が現れる。

「め、女神？　勝手に出てくるなと言ってるだろう」

『それどころじゃないよ！』

セインにしか聞こえない声を、女神は張り上げて言う。

『すぐ近くに『混沌』が来てる！』

「な――っ⁉」

慌ててセインが周辺の気配を探る。

遥か先から『混沌』の気配が近づいていた。まだ距離があるため、女神に言われるまで気がつかなかった。

「メリア、アリシア！」

すぐに二人の名を呼び、彼女たちに聖騎士の力を流す。

「『混沌』が来ている！　すぐに対処へ向かうぞ！」

「た、対処って……ここにはまだ、大勢の人がいるのよ⁉」

そうだ、アリシアの言う通りだ。

すぐに戦いを始めればいいわけでもない。セインは歯軋りする。

「結界は、どうなんですかー？　学園の中にいれば安全だと思いますがー」

メリアが小さく挙手して言う。

確かに学園には、巨神の杖を利用した巨大な結界が展開されている。しかし、

『ごめんね、セイン君。……多分、あの結界では防げない』

女神は小さな声で謝罪した。

『始祖が来ている』

震えた声で、女神は告げる。

「始祖だと……？」

『うん。この感じ、間違いないよ……』

「し、しかし始祖は封印されていただろう？」

『前にセイン君が戦ったという『混沌の一族』……彼らの仕業だと思う。始祖から力を抽出する技術も確立していたみたいだし』

マーニの姉、ハーティは始祖から抽出した力を引き継ぎ、『混沌』の中でも始祖に次ぐ第二世代の力を手に入れていた。

『今まで、『混沌』側に与する人たちなんていなかったから、封印の仕組みも変える必要

があるのかもしれない。でも、まさかこんなことが可能だなんて……』

「……過ぎたことを言っても仕方ない。結界はどのくらい保つ？」

『五分程度だと思う』

重たい声音で女神が告げる。

セインは覚悟を決めた。

「――聞いてくれ。『混沌』の始祖が現れた」

その言葉に、全員が目を見開いて驚愕する。

始祖の危険性については以前から何度か説明していたため、アリシア、メリア、マーニの三人は瞬時に現状を把握した。カインは始祖の危険を、身をもって経験している。

混乱はなく、すぐに各々、冷静さを取り戻した。

一刻も早く行動を始めなければならないことを各自、理解している。

頼もしい仲間たちだ。

「結界は保って五分だそうだ。それまでに、俺たちはまず学内にいる人々を避難させなくてはならない。……アリシア、メリアの二人で対応してくれ」

「分かったわ」

「承知いたしました！」

アリシアとメリアが首を縦に振る。

「恐らく敵の目的は学園の結界を維持している巨神の杖だろう。ミス・グリムは杖のある部屋で待機していてくれ。……恐らく『混沌の一族』は生徒会長や俺を警戒している。闇の魔法は奇襲に使える筈だ」

「……分かった」

「奇襲というより牽制で十分だ。敵の力量も警戒して、本格的な戦闘は避けてくれ」

マーニが頷く。

「最悪のタイミングね」

「ああ。……敵は最初からこの瞬間を狙っていたのだろう。武闘祭で生徒会長が疲労しており、かつ戦いの邪魔になる民間人が大量にいるこの瞬間を」

そう言いながら、セインは身に着けている封印具を全て外した。

聖騎士の力を解放する。先程の試合でセインも疲労困憊だったが、代わりの活力を女神から譲渡されることで再び戦うための力を得た。

「生徒会長、一人で避難はできるか？」

「ああ。……俺も避難を手伝おう。戦うことはできなくとも、声くらいは出せる」

「それは助かる」

以前のカインなら、きっと無茶をしてでも『混沌』と戦おうとしただろう。かつてのメリアのように、自分で戦うことに固執していた筈だ。

カイン＝テレジアは確実に変化した。

それは多分、良い変化だ。セインは小さく笑みを浮かべるが、すぐに気を引き締めた。

「では全員、作戦通りに動いてくれ。俺は今のうちに、できるだけ『混沌』を倒す」

アリシアとメリアが校舎の方へ。セインとマーニが校庭の方へ向かった。

途中でマーニは巨神の杖がある部屋へと向かう。セインは単身、学園の外へと向かって剣を抜いた。

セインたちが出ていった後、カインも生徒たちの避難誘導を開始する。

「危険な魔物による襲撃があった。すぐに避難所へ移動しろ！」

伊達に規模の大きい学園ではない。校外学習に使われていた森と同じように、学園はここから離れた場所にも幾つか土地を所有している。その中のひとつは避難所だ。

「生徒は一般客を避難所へ案内しろ！」

学園の付近にいる『混沌』の気配を探る。

敵は学園を囲んでいるわけではなく、一方向から攻めていた。人質を取ることが目的なら囲む方が有効だが、それでは戦力が分散して結界を壊せないと判断したのだろう。

セインが『混沌』と戦っている間に、できるだけ多くの人々を避難所へ案内する。

「……くっ」

不意に立ちくらみがして、カインは足を止めた。

疲労感が全身を蝕む。手足が鉛のように重たかった。

「聖騎士の力か……便利なものだな」

一瞬で疲労を回復して戦いに向かったセインを思い出す。恐らく……女神の力を身体に取り込んで、一時的に体力を復活させたのだろう。

妹を『混沌』に殺されて以来、カインは光魔法を学び続け、更に聖騎士についても知識を蓄えた。だからこそ、聖騎士の能力やその強さを正確に理解することができる。

あの力があれば——妹を救うこともできただろうか。

「俺は……」

以前までは、無い物ねだりをする気なんて全くなかった。

自分自身が強くなれば、それで全ての問題が解決するとばかり思っていた。

だが今、その力は手を伸ばせば届く。

セインに頼めばいいだけだ。

過去の自分を全て否定する気はない。自信過剰であったことは認めるが、それによって得た強さも確かにあった。今までの人生は決して軽くはないし、間違ってもいない。手を伸ばせば新たな力を手に入れることができる。しかしどうしても、『混沌』によって命を散らした妹のことを思い出してしまう。

自分に、聖騎士の力があれば妹は助かったのだろうか？　そんな筈がない。あの時、聖騎士は実際にその場にいたのだ。それでも妹は救われなかった。

求める強さを誤ってはならない。カインは深く逡巡する。

その時、ガラスの割れるような音が頭上から響いた。

「結界が壊れたか……ッ！」

普段は目に見えない透明な結界が、破壊されることによって一瞬、可視化される。

直後、ゾワリと嫌な気配を感じた。

生理的な嫌悪感を催すこの独特な気配は、『混沌』によるものだ。

「きゃああっ⁉」

女子生徒の悲鳴が聞こえる。

結界が割れたと同時に、周辺にいた『混沌』が学内に侵入したようだ。見ればアリシアやメリアも既に交戦している。

「《煌光槍》ッ‼」

巨大な光の槍を放ち、カインは『混沌の獣』を倒す。

悲鳴を上げた女子生徒は尻餅をつき、涙に滲んだ瞳でカインを見た。

「か、会長……」

「早く行け！」

日頃、堂々としているカインの焦った様子を見て、女子生徒は強い危機感に突き動かされて立ち上がった。駆け足で避難所へ向かうその背中を見届ける。

直後、激しい目眩がした。

「……俺の方が、限界か」

昨日の『混沌』との戦闘でも体力を使っていた。一晩寝て多少は回復したが、セインとの試合でその回復分も使い切ってしまった。

頭を押さえるカインの前に、二体の『混沌の獣』が迫る。

万事休すか――そう思った時、カインの正面に一人の少女が現れた。

「エミリアッ⁉」

紫の長髪を垂らした少女、エミリアは『混沌の獣』を前にして、その身でカインを庇うように両手を広げる。

「何をしている、退け！」

「退きません！」

エミリアは強い口調で言った。

「わ、私が会長をお守りいたします！」

震えた背中を見せながら、エミリアは言う。

今、完全に、セインが警戒していた未来を理解した。

試合中、セインに言われたことを思い出す。『自分が負ける時、誰かが身を挺して守ってくれてはいないか？』――その問いに対し、カインは頭の中で答えを浮かべていた。

エミリアだった。口には出さなかったが、あの問いの答えは彼女だった。

その未来が今、目の前で実現してしまった。

かつて妹に庇われたことを思い出す。あの時の光景、あの時の後悔、怒り、悲しみ、そして憎悪――全てを思い出し、そしてそれが再び起きようとしていることを察する。

とても耐えられない。あの苦しみを再び味わうことなどできない。

馬鹿なことを考えていたと、カインは後悔した。

自分はいつ、守る側の人間になったのか。

セインの言う通りだ。これまでの自分は、敗北した未来のことを――守られる側に立つ

自分のことをまるで想像していなかった。

誰にも守られずに、誰かを守り続ける人間などいない。

激しい自責の念にカインが苦しむ。その、次の瞬間、

「《二番目の従者たる証》――――《沈みし聖刃》」

光の短刀を手にしたメリアが、二体の『混沌の獣』をあっという間に倒した。

物言わぬ肉塊と化した獣を見て、カインは呆然とする。

「大丈夫ですかー？」

小さく吐息を零し、メリアが訊く。

カインは強く歯軋りした後、決意を灯した瞳でメリアに告げた。

「俺を、お前の主のもとへ連れて行け」


学園の外で『混沌』を討伐していたセインは、結界が破壊されたことに気づき、すぐに学園の敷地内へと戻った。

「――《聖獣》」

セインがそう唱えると、目の前に光を纏った獅子が現れる。

入学式の前日、このような緊急事態のために配置していた味方だ。獅子はセインに頭を

垂れた。頭を撫でてやると嬉しそうな鳴き声を出す。

「近辺にいる『混沌の獣』を倒してくれ」

獅子は短く唸り声を上げた後、指示通り獣の残党狩りを始めた。

襲撃してきた『混沌』の中には『混沌の化身』も存在する。しかし今のアリシアとメリアなら問題なく対処できるだろう。《聖獣》には取りこぼしを処理してもらう。

「全員、作戦通りに動くことはできているようだが……」

グラウンドの中心に立つセインは、光の弾丸を撃って『混沌の獣』を牽制する。

直後、足元の地面がひび割れ、赤黒い腕が伸びてきた。『混沌の獣』には定まった形がない。セインは素早く跳躍した。

「《聖域》」

空間そのものに女神の加護を付与して、『混沌』を弾き飛ばす。

マーニは今のところ無事なようだ。もしかすると『混沌の一族』は始祖が一通り暴れ回った後に行動を開始するのかもしれない。始祖を陽動に使うつもりかと警戒したが、冷静に考えれば、始祖が暴れている最中に巨神の杖を奪うというのはリスキーな作戦だ。

いざという時のためにも、マーニの配置は変更しない。

部外者の避難はまだ終わっていないようだ。増援が欲しいが、期待はできないだろう。

「セイン＝フォステス！」

その時、背後からカインが姿を現した。

カインは保健室で会った時と比べてボロボロの格好をしていた。恐らく部外者を避難誘導する際に『混沌』との戦闘があったのだろう。

カインのすぐ傍にはメリアが佇んでいる。彼女がカインを連れてきたようだ。

「俺を、従者にしろ」

決意を露わにしたカインに、セインは目を丸くする。

しかしすぐに不敵な笑みを浮かべた。

「後悔するなよ」

「後悔ならもうした。……次はない」

この短い間に何かあったのか、カインの決意は微塵も揺らがなかった。

「カイン＝テレジアッ!!」

セインが名を呼ぶと同時に、聖騎士の従者としての契約が行われる。

女神からセインへ譲渡されている力を、更にカインへと譲渡する。

「これは……!?」

刹那、セインはカイン＝テレジアという人間の器の大きさに驚嘆した。

女神の力に対する親和性が非常に高い。アリシアやメリアとは比べ物にならないほどだ。

「まだ、いけるか……ッ!?」

『嘘……っ!?』

カインへ力を渡すセインの傍で、女神も驚愕した。

既に従者二人分の力を渡しているが、まだ余裕がある。

「これが、聖騎士の力か……」

カインは自身の両手を見つめて呟いた。

「違和感はないか？」

「ああ。しっくりくる……まるで最初から自分の力だったかのようだ」

それは本来なら有り得ない感触だ。

アリシアやメリアは、今でも従者としての力を解放する際、身体のどこかに違和感を覚える。しかしカインは最初の従者化で全く違和感を覚えていないようだった。

素質がある。

カイン＝テレジアには、女神の力を扱う才能がある。

「――《煌光槍》」

前方から迫る『混沌の獣』に対し、カインが魔法を放つ。

試合の時にも使っていた魔法だ。しかしその時と比べて四、五倍は大きい。

巨大な槍は一直線に『混沌の獣』を穿ち、その周囲にいる他の獣たちも一掃した。

「うおっ⁉」

『……凄い』

吹き荒れる暴風に前髪を揺らしながら、セインは驚愕する。

「……最強の従者だ」

素直に頼もしいと思う。同時に、少しだけ未来のことを考える。

——後釜が現れたかもしれない。

いつか自分が聖騎士でなくなった時、カインはその次を任せられる相手かもしれない。

新たな従者に心躍らせていると、前方から大きな化物がやって来た。

「来るか、始祖……ッ」

砂塵の中から現れたのは、巨大な赤黒い蟹だった。

蟹と言っても、そのシルエットはだいぶ違う。計八つの足と、そのうちの二本のハサミが蟹を彷彿とさせるだけだ。頭部からは二本の角が生えており、ハサミもより長く、鋭利になっている。その化物は恐ろしい威圧感を醸し出していた。

「『潔仙流蟹』……」

それが目の前に現れた始祖の名だった。

「因果だな。……まさかここで、再び相対するとは」

カインが呟く。

女神を介して先代聖騎士の記憶を見たセインは、その呟きの意味を察した。

――始祖『潔仙流蟹』は、カインの妹を殺した『混沌』だ。

確かに因果なことと言える。このタイミング、この場所で相対することになるとは。

セインは冷静に『潔仙流蟹』の特徴を思い出し、メリアへ指示を出す。

「メリア、アリシアたちの援護に回れ。まだ生徒たちの避難ができていない」

「相手は始祖です。こちらも手が足りていないのでは――……？」

「人命救助を優先する。それに、この始祖は味方が多ければ楽になるタイプではない」

メリアは詳細を尋ねることなくセインの指示に従った。

メリアが離れた後、セインとカインは視線を交錯させる。

刹那、二人は同時に攻撃を仕掛けた。

「《煌光槍》」

カインが巨大な槍を『潔仙流蟹』に突き刺す。

同時にセインは一瞬で敵の懐に潜り込み、金色に輝く刃を閃かせた。

大抵の『混沌』はこの一太刀で両断できる。しかし相手は『混沌』の第一世代——始祖だ。剣を振ったセインの腕は、硬い感触を返した。

『■■■■■■■——ッ！』

始祖が吠える。形容し難いその声に、セインとカインは耳を塞ぎ距離を取った。

二本のハサミが振り下ろされ、グラウンドが激しく破壊される。飛び散った土の破片に注意しながら、セインは突き出た地面の上に乗った。

「カイン、無事か!?」

「ああ。だが、マトモに受ければ一溜まりもないな……」

たったの一瞬で地形が乱れてしまった。

グラウンドの亀裂は校庭の端から端まで届いている。もう一発、同じ力で攻撃されれば次は校舎まで破壊の余波が届きそうだ。

カインが激しい闘志を露わにしながら、その腕を始祖に向けた。

「《現界せよ》《地平を照らす白銀の海》——《大光流》ッ!!」

巨大な光の奔流が始祖へと迫る。

奔流は足元に鬱陶しく飛び散った土の破片も一掃した。障害物を取り除きながら攻撃も行う有効な一手だ。セインもすぐに剣を強く握り、再び始祖へと接近した。

直後、『潔仙流蟹(けっせんるかい)』の口から大量の泡(あわ)が出る。

「この泡は――ッ!!」

大人を丸ごと包み込めるほどの大きくて透明な泡が、無数に広がった。

「セイン！」

「分かっている！」

セインはすぐに接近を止め、後退した。

カインが放った光の奔流と、始祖が展開した泡が衝突(しょうとつ)する。

次の瞬間(しゅんかん)、光の奔流が跳(は)ね返(かえ)り、セインたちの方へと迫った。

「くっ⁉」

眼前より押し寄(よ)せる光の奔流に、セインは高く跳躍する。カインも同様に回避(かいひ)した。

光の奔流は校庭を激しく傷つけた後、校舎の手前で勢いを失った。

荒れた地面に着地したセインは、ふわふわと始祖の近くで浮く泡を睨(にら)む。

「これが、『潔仙流蟹(けっせんるかい)』の能力……魔法の反射か」

始祖にはそれぞれ、他の『混沌』にはない独特な能力がある。触(ふ)れたものを崩壊(ほうかい)させる亀(かめ)のような始祖もいれば、配下を自在に操(あやつ)ることができる猿(さる)のような始祖、姿を消すことができる魚のような始祖もいる。

あらゆる魔法を反射する。それが『潔仙流蟹』の能力だ。

「セイン。先代聖騎士のように、この始祖を封印することはできないのか？」

早々にこの始祖の脅威に気づいたカインが、手早く戦いを済ませる方法を尋ねる。

しかしセインは苦虫を噛み潰したような顔をした。

「……無理だ。封印には時間をかけた準備が必要となる」

セインは聖騎士の力を継承した際、始祖についての情報と、それらを封印する方法について知らされている。今、この場で始祖を封印する術はない。

「俺たちで、倒すしかない」

自分に言い聞かせるように、セインは言った。

この世に七体存在する『混沌』の始祖は——未だ一体も倒せていない。

先代以前の聖騎士と暗黒騎士は、始祖を倒すことができず、封印していた。だがその封印が解かれてしまい、再度かけなおす余裕もない今、前例はないが倒すしかない。

「——《光弾》」

セインが光の弾丸を放つ。かなり手加減して撃ったそれは、拳一個分の大きさを保ったまま始祖へと向かい、その途中で透明な泡に阻まれた。

反射された《光弾》が、セインのもとへ迫る。

セインはそれを黄金の剣で弾いた。

「ほぼ完璧に跳ね返してくるな。これを受け止められるなら問題ないが……」

「避ければ、被害が広がってしまう」

セインの言葉の続きをカインが述べる。

女神の力はほぼ無尽蔵だ。この戦いが持久戦になっても力が尽きることはない。しかし

その間に周囲への被害が拡大するのは間違いないだろう。

セインたちが作戦を考えていると――先に始祖の方が仕掛けてきた。

始祖がハサミをセインに向ける。

ハサミの中心に、高密度の魔力が集った。

「マズいッ!!」

赤黒い砲撃が放たれる。

セインはすぐに黄金の剣を盾にして、強く踏ん張った。

砲撃は剣に弾かれて周囲へと飛び散る。衝撃の余波が地面を抉り、体勢が崩れ始めるが

それでもセインは歯を食いしばって耐え続けた。

「ぐ、お……ッ!?」

聖騎士の力を全開にしても、砲撃を相殺することはできない。

あまりの衝撃に、セインの腕や頬の皮が剥がれ始め、血が流れた。

「――《煌光槍》ッ!!」

カインが始祖の攻撃を止めるべく、巨大な槍を放つ。

だがその槍は泡によって反射された。

反射された槍はカインの脇を通り過ぎ、校舎に大きな傷を付ける。

「セイン、無事か」

「……ああ」

始祖の砲撃が止んだ。セインは深く息を吐き、体勢を整える。

「凄まじい攻撃だ。……加えて、こちらの攻撃は一切届かない」

セインは始祖を睨みながら言う。

その時、カインの魔法を反射した泡がパチンと音を立てて破裂した。

「成る程。強い魔法を撃てば、泡は壊せるようだ」

カインが呟く。

「だが、どちらにせよ一回は反射される。泡は有限なようだが、全て破壊するつもりなら
こちらもただでは済まないぞ」

セインの言葉にカインは小さく頷いた。

今、目の前にある泡の数だけでも二十個以上だ。これら全てをカインの《煌光槍(レイ・ジャベリン)》で壊すとなると、二十発の《煌光槍(レイ・ジャベリン)》を撃たれることと同義になる。

その時――ふと、妙案(みょうあん)が浮(う)かんだ。

「カイン。もう少し、聖騎士の力を受け入れられるか？」

「……問題ない。しかし何をするつもりだ？」

訝(いぶか)しむように尋ねるカインへ、セインは不敵に笑った。

「なに、試合の時と同じことをするまでだ」

そう言って、セインは女神へ指示を出す。

「女神よ。俺(おれ)に与(あた)えている力の全てを、カインに譲渡してくれ」

『え？　で、でも、そんなことしたらセイン君が……』

「構わない。すぐにしてくれ！」

始祖が再びハサミの間に魔力を収束させる。

時間が惜(お)しいことを伝えると、女神はセインの指示通り、その力をセインからカインへと移した。セインの体内に宿っていた大きな力が、カインへと流れていく。

「ぐ……っ、こ、これは……ッ!?」

「耐えられるか？」

「ああ……なんとか……ッ!!」

呻き声にも聞こえる声で、カインは返事をする。

常人なら耐えられない。同じ従者でも、メリアやアリシアならとっくに限界に達しているだろう。だが、女神の力に対する親和性を持っているカインなら耐えられる。

——素晴らしい才能だ。

きっと今、この世で、セインの次に女神の力を使いこなすことができる存在だ。

セインの身体から聖騎士の力が抜ける。その手に持っていた黄金の剣は光を失い、元の黒い剣に戻った。

「これで俺は、一時的に聖騎士の力を失った。しかし……」

セインの掌に、真っ黒な弾丸——《闇弾》が現れる。

それは、今までとは比べ物にならないほど安定した魔法の発動だった。

「そういうことか。……豪胆な男だな」

「貴様には負ける」

意図を察したカインは不敵な笑みを浮かべ、始祖に向かって掌を突き出した。

「《煌光槍》ッ!!」

巨大な槍が始祖に迫る。

しかし槍は透明な泡に弾かれ、反射された。

泡が破裂すると同時に、輝く槍がカインへと飛来する。

「――《黒流閃(ダーク・レイ)》ッ!!」

反射された光の槍を、セインの闇魔法(やみまほう)が撃ち抜いた。

輝く槍と漆黒(しっこく)の槍は衝突した後、相殺される。

「構わずに撃て！　反射された魔法はすぐに俺が相殺する！」

「ああ！」

光と闇(やみ)は相反する。それぞれの魔法は相殺する。

試合中、セインがカインの魔法を相殺し続けたように、今も同じことをすればいいだけだ。カインの魔法を始祖が跳ね返す。それをセインが相殺して被害を抑(おさ)える。

「《閃光(せんこう)よ》《照らし尽くせ》――《光輝球(ヴライト)》」

巨大な光球が始祖へと迫る。

泡がそれを反射すると同時に、セインも魔法を発動した。

「《暗闇(くらやみ)よ》《飲み尽くせ》――《暗黒球(ダルディア)》ッ！」

白と黒の球体がぶつかり、それぞれ同時に破裂する。

カインの魔法を反射したことで、泡がまたひとつ消耗(しょうもう)された。

このまま押し続ければ、いずれ攻撃は届く！

――女神には、申し訳ないが。

反射されるカインの魔法を次々と相殺しながら、セインは思った。

――闇の魔法が、かつてないほど使いやすい！

聖騎士の力を失った今、セインはかつてないほど闇魔法の扱いが洗練されていた。

元々、闇と相反する光の性質を持っていたから、セインは闇魔法の習得が極端に遅かった。だが今、その光の性質である聖騎士の力は全てカインに譲渡している。

セインの身体から、与えられた力が消え去った。

しかし、空っぽになったわけではない。

セインの中には、今までの努力だけが残った。

「《閃く大蛇の牙よ》――《光鞭》ッ!!」

カインの頭上に、光る巨大な鞭が現れる。

思わず目を閉じてしまいそうなほどの光量を放つその鞭は、一度に五つ、顕現した。更にその一つ一つが大樹の如く太い。

強烈な質量を持った光の鞭が、一斉に放たれる。

瞬く間に幾つもの泡が破裂し、同時に光の鞭が反射された。

「《現界せよ》《地平を這(は)いずる漆黒の海》――」

今までは使えなかった闇の魔法も、今なら使うことができる。

セインの眼前に、闇の魔力が集った。

「――《大闇流(ヴェーレ・ダルク)》ッ!!」

漆黒の激浪(げきろう)が、反射された光の鞭を一掃する。

泡は残り三つになった。

「砲撃が来るぞ！」

セインが叫(さけ)ぶ。

始祖のハサミが開かれ、赤黒い砲撃が放たれた。

「《八番目の従者たる証(エイス・ギフト)》――」

砲撃の標的となったカインは、退くことなく目を閉じて集中する。

光の粒子(りゅうし)が、カインの周りに集まった。

「――《導きし聖剣(フォース・セイバー)》ッ!!」

黄金の剣がカインの手に現れる。

光の斬撃が、赤黒い砲撃を打ち消した。

カインは砲撃を防いだ後、更に剣を三連続で振り、三つの斬撃で泡を破壊する。反射された光の斬撃は、セインが《暗黒球（ダルディア）》で相殺した。

「泡が消えた！」

全ての泡を壊した。

これで始祖を守る盾はない。セインとカインが、示し合わせたかのように同時に動く。

始祖に肉薄（にくはく）した二人は、それぞれ腕を突き出し、渾身（こんしん）の一撃（いちげき）を繰（く）り出した。

「《煌光槍（レイ・ジャベリン）》ッ!!」

「《黒流閃（ダーク・レイ）》ッ!!」

巨大な光の槍と、細く疾（はや）い闇の槍が、始祖の身体を貫（つらぬ）く。

直後、始祖の身体が大きく揺れ、外側から徐々（じょじょ）に粒子と化していった。赤黒い粒子は大気に溶（と）けて消える。

始祖『潔仙流蟹（けっせんるかい）』が――消滅（しょうめつ）した。

『う、嘘……始祖を、倒（たお）しちゃった』

女神（めがみ）が目を丸くして呟（つぶや）いた。

『やったよ、セイン君！　快挙だよ！　い、今まで誰も倒せなかったのに！』

「ああ……俺も驚（おどろ）いている」

半ば呆然とするセイン。

その隣で不意に、カインが膝をついた。

「すまない。そろそろ、限界だ。……この力を元に戻してくれ」

「あ、ああ、そうだな」

与えていた女神の力を元に戻し、カインの従者化を解く。

するとカインは全身からぶわりと汗を噴き出した。先程までは女神の力で動くことができたが、それを失った今、試合直後から続く疲労がぶり返したのだろう。

加えて、力の反動もある。

「聖騎士の力か……とんだじゃじゃ馬だな。これでは当分、動けそうにない。……お前はこんなものを扱って平気なのか？」

「俺は女神との相性が特にいいらしいからな。というか、それが聖騎士に選ばれる最低限の条件だ」

「成る程。……俺に聖騎士は無理だな」

「いや――」

そんなことはない、と言おうとしたら、女神が物凄い剣幕でセインを睨んだ。

女神に配慮してセインは黙る。

戦いの最中、聖騎士の座を誰かに継承させるとしたらカインが相応しいかもしれないと考えたが、すぐに実行する気はない。カインの女神の力に対する親和性は高いが、それでもセインの方が上だ。伊達に歴代最強の聖騎士とは言われていない。

まだ自分が戦えるうちは、カインは従者の立場でいいだろう。

「む？」

ふと、身体に違和感を覚えてセインは首を傾(かし)げる。

カインに譲渡していた女神の力を、再び自分の身体に戻(もど)した時——何故(なぜ)か、以前よりもその力が大きくなっているような気がした。

まあ、弱くなっているならともかく、強くなっている分には問題ないだろう。

ただの気のせいかもしれない。そう判断したところで、メリア、マーニ、アリシアの三人がボロボロの姿でこちらへ向かっていることに気づいた。

# エピローグ

始祖を倒されたことが予想外だったのか、『混沌』の襲撃はすぐに止んだ。

襲撃者たちの目的は、やはり学園の結界を維持していた巨神の杖だったらしく、マーニはセインたちが始祖と戦っている間、メリアたちと共に『混沌の一族』を撃退していたらしい。だがその一族も始祖が倒されると同時に退いていった。

翌日。学園は新種の魔物に襲撃されたということになり、すぐに生徒と教師の総掛かりで校舎の修復が始まった。

「ぬおっ⁉　こ、腰が……っ」

瓦礫を運ぶ途中、セインが腰を押さえて硬直する。

カインとの壮絶な試合に続き、始祖とも戦った。連戦による疲労はセインの全身を確実に蝕んでおり、正直、学園の修復どころではなかった。

「セイン様も歳ですねー」

「……だとすると貴様も歳になるわけだが」

「えーい」

「ぬおっ⁉」

痛む腰をメリアが突く。セインは奇声を上げた。

そんなセインの反応が面白かったのか、メリアは再びセインの腰を指先で突いた。

「えいえーい」

「ぬおっほっほっほっ⁉」

「何遊んでんのよ、アンタたち」

アリシアが呆れた顔で言う。

「って、あれ？　マーニは？」

「ミス・グリムならあそこで休んでいるぞ」

セインが指さす先では、木陰に隠れたマーニが死にそうな顔で休んでいた。

「……運動不足ね」

校外学習の時はこまめに休息を取っていたが、今日は朝からずっと力仕事だ。ぐったりとしているマーニにアリシアは苦笑する。

「セイン」

声をかけられたセインが振り返ると、そこにはカインとエミリアがいた。

「生徒会長……もう動けるのか？」

「かなり無理をしている。しかし仕事が山積みだ。休んでいる場合ではない」

生徒会は今、武闘祭の後始末に追われているらしい。

昨日、聖騎士の力を使った反動がまだ残っている筈だが、それでもカインは疲労感を表には出さず、他の生徒たちの模範となるべく毅然とした態度を貫いていた。

今、生徒たちは破壊された学園を目の当たりにして戦々恐々としている。そんな状況でもカインが今まで通りの態度を貫けば、生徒たちはそれを見て安心できた。

「生徒会長。先日から、貴様は俺の従者となったわけだが……」

「その件について話がある」

続きは、カインの方から切り出した。

「確かに俺は、お前の従者になった。だが俺は、聖騎士も万能ではないと知っている。故に俺は……お前とは行動を共にしない」

カインは真っ直ぐ、セインを見て言った。

「同じ方向を見て進んでも、同じ落とし穴にはまるのが関の山だろう。異なる方向を見る従者も必要な筈だ」

「しかし、『混沌』を相手に一人で行動するには限界が……」

「案ずるな」

カインは不敵な笑みを浮かべて言う。

「背中を預ける相手は、既にいる」

カインの背後に佇んでいたエミリアが、小さく礼をした。

成る程――どうやらカインは、エミリアに背中を預けることにしたらしい。

光の系譜か闇の系譜で、かつ実力が伴ってさえいれば、別に聖騎士の従者でなくとも頼りになる。実際セインも、従者ではないマーニの協力を頼もしく思っていた。

「そうか。……なら、まあ、いいだろう」

用件はそれだけだったのか、カインとエミリアが踵を返す。

途中、よろめいたカインをエミリアがそっと支えた。あの二人なら、きっとどんな窮地に立たされても互いに背中を預け、強い絆を保ち続けるだろう。

「そう言えばセイン様は、もう動いても大丈夫なんですかー？」

メリアが訊く。

セインもカインに負けず劣らず消耗している筈だ。しかし、

「うむ。それが……どういうわけか、昨日の始祖との戦闘以来、妙に体調がいいのだ」

不思議そうにセインが答えた。

体力は全快こそしていないが、明らかに以前と比べて回復が早い。活力も今まで以上に湧いており、今ならもう一試合くらいできそうな気分である。

「女神よ。なんというか、昨日から身体に違和感があるのだが、心当たりはないか?」

セインは女神を呼び出して尋ねる。

この違和感は始祖と戦ってから生じたものだ。あの時は聖騎士の力を使っていたため女神なら何か知っているかもしれない。

『それはセイン君が、聖騎士として更に強くなったからだと思う』

「……うむ?」

言っている意味が分からず、セインは首を傾げる。

『今までセイン君は実感してなかったと思うけど、聖騎士が従者を作った時、両者の間には繋がりができるの。その繋がりによって、聖騎士と従者は色んな能力を共有することができるから、強い人を従者にすれば、それだけセイン君の力も向上するんだよ』

「そ、そうなのか」

『効果は薄いけどね。でも、先日セイン君が従者化したカイン=テレジア君は、物凄い才能の持ち主だったから、身体で感じるほど力が強くなったんだと思う』

成る程、とセインは納得する。

要するにカインを従者化したことで、自分は更に強くなったらしい。

「……む？　ちょっと待て」

嫌な予感がし、セインは冷や汗を垂らした。

「聖騎士として強くなった、と言ったな？　ま、まさかとは思うが、それによって俺の闇魔法の習得に、影響が出ることは……？」

震えた声でセインが訊くと、女神は満面の笑みを浮かべて答えた。

『大丈夫！　だってセイン君は聖騎士なんだから！』

「出るんだな？　おい、貴様、悪い影響が出るんだな⁉」

『やっぱりセイン君に暗黒騎士は向いてないってことだよ！』

「ぎえええええええええええええ‼　なんてことだ！　最悪だっ⁉」

聖騎士として強くなったということは、それだけ暗黒騎士から離れたということだ。

どうりで体調がいいと思った。光の魔力が身体から漏れているのだ。以前までは封印具で抑えていたその力が、カインを従者化したことで強化され、もはや既存の封印具では抑えきれないほど膨れ上がってしまった。

「まーまー、これから時間はいくらでもありますし、焦る必要はありませんよー？」

「それは、そうかもしれないが……」

溜息を吐く。暗黒騎士からは遠ざかってしまったが、代わりに聖騎士の後釜になるかもしれないカインと出会ったと思えば溜飲も下がった。

これまでの努力はきっと無駄にはなっていない。

ならきっと大丈夫だろう。たとえ何度挫けようと、また起き上がればいいだけだ。

幸い、そんな自分の背中を支えてくれる、かけがえのない仲間もいる。

「これからも一緒に頑張っていきましょー、セイン様ー」

「……そうだな。これからもサポートを頼むぞ、メイドよ」

セインがそう言うと、メリアはにっこりと微笑んだ。

# あとがき

お久しぶりです、坂石遊作です。

流石に三巻から貰っている方はいないと思いますが……もしいたら、馴れ馴れしくてごめんなさい。初めまして、坂石遊作です。

毎日、家にこもって小説ばかり書いていると、こういう後書きの内容に困ってしまいますね。いやぁ……何を書こう。二巻でも同じこと言っていた気がするなぁ、これ。

二巻発売から現在に至るまで、プライベートで特筆するべき点はなかったと思いますので、取り敢えず三巻の内容に触れていきます。

三巻は、ヒロインの一人であるメリアの過去に触れていきながら、ライバルキャラであるカインとバチバチ戦うといったストーリーです。

この展開は、本シリーズを始めた段階で「いつか書きたい」と想定していたストーリーであったため、比較的スムーズに書くことができました。これは人によって異なると思いますが、私は巻数が増せば増すほど、やりやすくなるタイプの作家かもしれません。

また、この巻は個人的にもちょっとした試みというか……今までとは若干、違う意識で執筆させていただきました。

切っ掛けは、本シリーズについた数々のレビューです。

本シリーズのレビューを読ませていただいたところ、私が想像している以上にコメディ部分がウケていると判明しました。

実は私、今まではコメディにあまり自信がなく、なんならページ数を削減する際には優先的にコメディの部分から削っていたほどです。

私はどちらかと言えば、論理的にストーリーを組み立てるタイプの作家であると自分では思っています。そんな私からすれば、コメディは必然性のあるシーンとは言い難く、これまでは精々、緩急の緩を担う部分としか捉えていませんでした。物語で重要なのはあくまで急であって、緩は必要最低限にするべきだという考えを持っていました。

しかし……そうではなかったのかもしれません。

色んな方々の意見を聞いているうちに、最近は「もうちょっとコメディ成分を濃いめにした方が、読者の期待に応えられるのではないか」と考えるようになりました。

なので、三巻では各キャラクターたちに、自由に動いてもらうことにしました。

幸か不幸か（個人的には不幸）、私は昔からキャラクターが勝手に動いてしまう現象とよく遭遇しており、今まではそれをあの手この手で制御していましたが、三巻では適度に制御を手放すことにしました。その結果……いやあ、どのキャラクターも馬鹿みたいに暴れるなぁ。プロットに全く書いてないコメディシーンばかりできてしまった……。

今まで制御していたものを、適度に手放しただけなので、精神的には寧ろ楽でした。というかお陰様で「ページが余りそうならコメディで埋めとくか」という、惰性なのか戦略なのか良く分からない思考回路が構築されつつあります。いいのか、これで……？

総じて、三巻は「書きたい内容をきっちり書くことができたなぁ」という感想を持っています。セインを中心としたラブコメだけでなく、ライバルキャラであるカインとの熱いバトルも書くことができて満足です。私はこういう、互いの信念を賭けた熱いバトルが大好きです。この満足や「好き」という感情を、読者の皆様と共有できれば、作者冥利に尽きます。

それでは今回はこの辺りでお別れです。
またお会いできることを願っております。

【謝辞】
本作の執筆を進めるにあたり、編集部や校閲など、ご関係者の皆様には大変お世話になりました。へいろー様、今回も素敵なイラストを描いて頂きありがとうございます（マーニがとても可愛いです）。最後に、本書を手に取って頂いた皆様へ、最大級の感謝を。

HJ文庫 http://www.hobbyjapan.co.jp/hjbunko/
875

# 聖なる騎士の暗黒道3

2020年4月1日　初版発行

著者――坂石遊作

発行者―松下大介
発行所―株式会社ホビージャパン

〒151-0053
東京都渋谷区代々木2-15-8
電話　03(5304)7604（編集）
　　　03(5304)9112（営業）

印刷所――大日本印刷株式会社

装丁――木村デザイン・ラボ／株式会社エストール



ISBN978-4-7986-2188-3　C0193

ファンレター、作品のご感想
お待ちしております

〒151－0053　東京都渋谷区代々木2－15－8
(株)ホビージャパン HJ文庫編集部 気付
**坂石遊作 先生／へいろー 先生**

# 禁忌異能者(イレギュラー)の訳あり学園生活

## 1．相棒は落ちこぼれ炎妖精

著者／百瀬ヨルカ
イラスト／村上ゆいち

**落ちこぼれ妖精と組んで学園のトップへ！**

神霊と組んで心を通わせ、未知の化け物「喰霊」を討伐する異能士。彼らのような対喰霊の精鋭を養成する学園に通う男子高校生・要は、初めての契約儀式で、炎妖精・リリアスを呼び出してしまう。しかし、彼女には致命的な欠陥があるようで──。